活寶

烏龍院 精彩大長篇

8

漫畫 敖幼祥

人物介紹

烏龍大師兄

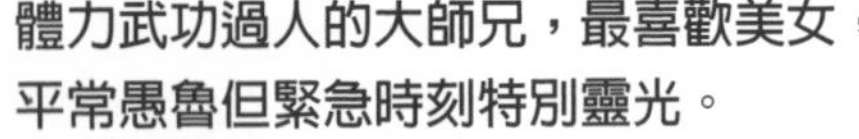

體力武功過人的大師兄，最喜歡美女，平常愚魯但緊急時刻特別靈光。

大頭胖師父

菩薩臉孔的大頭胖師父，笑口常開，足智多謀。

烏龍小師弟

鬼靈精怪的小師弟，遇事都能冷靜對應，很受女孩子喜愛。

長眉大師父

大師父面惡心善，不但武功蓋世內力深厚，而且還直覺奇準喔。

活寶

長生不老藥的藥引——千年人參所修煉而成的人參精，正身被秦始皇的五名侍衛分為五部份，四散各處，人參精的靈魂被烏龍院小師弟救出，附身在苦菊堂艾飛身上。

艾飛

苦菊堂艾寡婦之女，個性古靈精怪，被活寶附身後，和烏龍院師徒一起被捲入奪寶大戰，必須以五把金鑰匙前往五個地點找出活寶正身；與小師弟雙雙浸浴青春池，兩個人瞬間變得非常成熟，但在青春池崩潰、原力消失後，回復了小丫頭身分。

張總管

原本在「四眼牛肉麵」洗碗打工的肺癆鬼，後來成為「一點綠」客棧的總管，與烏龍院師徒再度相逢，並負責主持「金牌辣廚」大賽。

五把金鑰匙

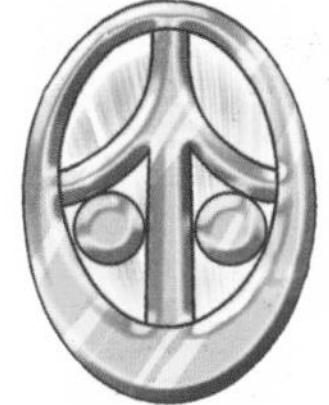

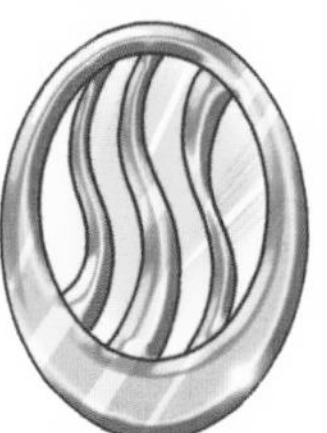

金鑰匙，位於鐵桶波。

木鑰匙，位於五老林。

水鑰匙，位於青春池。

火鑰匙，位於地獄谷。

土鑰匙，位於極樂島。

辣婆婆

烤骨沙漠中「一點綠」客棧的老闆娘，也是唯一知道「地獄谷」正確所在地的人。身為超級美食主義者，為了徵選一位辣味專家，舉辦「金牌辣廚」大賽。

五朵花

「一點綠」客棧中的服務員，分別是「小甜瓜」、「小蘋果」、「小草莓」、「小紅柿」、「小葡萄」。

江少右

新潮流川菜達人，年紀雖輕、但料理功夫高強的美少女，因為吸引大師兄的關愛，成為馬臉「扁葫蘆」的眼中釘。

四川辣王

本名「歐陽擔擔」，嗜吞辣椒的大胖子，也是嚐遍天下百辣的專家。

魔術料理師

來自西域，頭戴皇冠，拿手絕活是隔空即能尋火烹調出香嫩無比的「紅油烤魚」。

阿咪師

料理界人稱「一把菜刀刨平天下」的刀功高手，能將食材雕刻成一條栩栩如生的龍。

目錄

002 人物介紹
006 第五十七話：晴天霹靂的打擊
047 第五十八話：大漠一點綠
075 第五十九話：金牌群英會
105 第六十話：雙關淘汰賽
138 第六十一話：拂曉大決戰
162 第六十二話：沙克魔術般的料理
198 第六十三話：辣婆婆夜路走多遇到鬼
227 第六十四話：流沙下閃耀的巨大金盔
249 預告
250 精彩草稿

第57話

晴天霹靂的打擊

三張塔羅牌啓示玄機，五行極祕圖導入地獄

哇!

WONNNN

喂！

來不及了，
要關門啦！
等等我！
煉丹師！
活寶！
巨浪要壓
頂啦！
快過來！

HUUMM
CON

嗚哇—

AAAAAA!!!
哇哇哇哇!!
痛~!!
EN!
!PONG!
艾飛！
青蛙隊長！

耶！
安全返
航！
大難不死，
必有後福！

一定是青春池
崩潰，原力
消失了！
哎呀！你們倆變回
小毛頭啦！
1702

咦？水面上有
好多浮屍！
1702

應該是從帝國飄來
的吧！活該……

不對呀！那
些都是半形
人的屍體！
1702

OH! MY GOD!

基地發生
狀況啦！
!!
好殘忍哪！
全部都被屠
殺了……

所有死者都
是在瞬間被
吸乾水份
的……
嗚咽～
那是大隊長的聲音！
他還活著！

凸眼……

鬼斗武的大隊長也被
吸成海豹乾啦！
哇！
1102

中計了！
水觀音早已
喬裝潛伏在基地
裡……

誰是
水觀音？

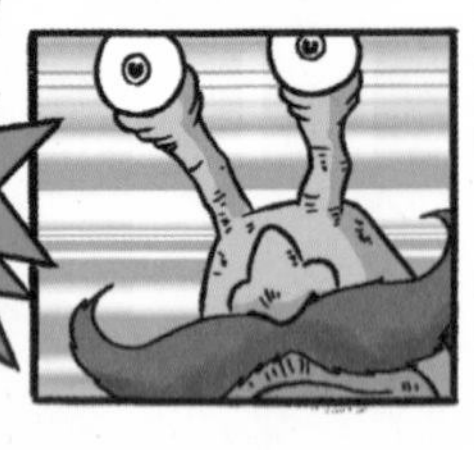

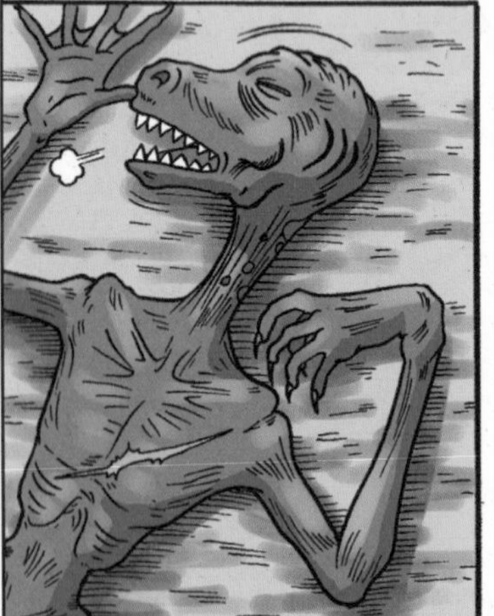

大隊長
魂歸西天啦！

嗚！
好可憐
哦！

水觀音半夜兇狠出擊，我們根本措手不及，好慘哪！無一倖免……

WHAT

你快說呀！

水觀音究竟是假扮成誰呢？

大隊長這次是
真的掛了！
我們快去
505住的地方
搜索！
505
505
1702

就是這裡！

505
1702
咦？那是和
505一起來的
男生！
喂！你有看到
505嗎？

哇！
皮膚裡
全是水！

小心！

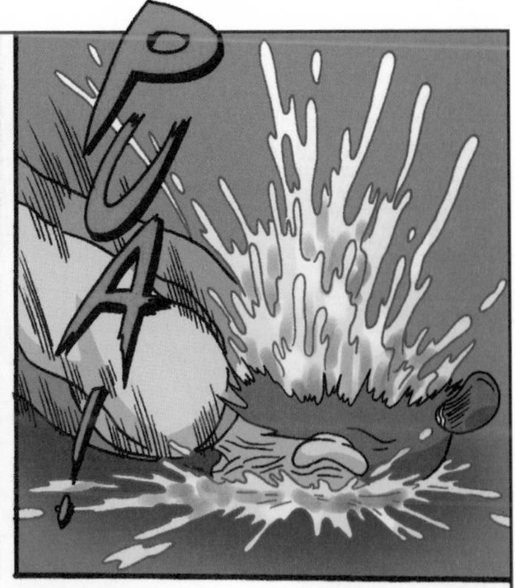
PUA！

水觀音修練的
功力好可怕！

COLO
後面有人！

會不會是
水觀音？

WA

貓奴！

她被冰封
住了！
快救她
出來！
讓我來！

CHCH！
505
1702

BONG

咳
咳
沒事了！

把這裡的人
全殺了！
那個女人
好恐怖

水觀音！

而且她的功力高深莫測，我敵不過她……

和她纏鬥才發現：她竟然戴著人皮面具！

這地方
就快塌
啦！
這是你們的
行李！
青蛙隊
長，你快
上來！
我幫你把
船推遠一
點！
嗚……

不要推了⋯⋯你快上船!!
快上船!
即使出去，我也無法存活!
我走不了!
凸眼隊長!
你們一定要找到水觀音!
要為我們所有兄弟報仇!

烏
龍
院
愁眉深鎖
憂容滿面
兩位師父，用膳時間到啦！
喲！兩位老人家是跟誰過不去呀？
一杯烏龍茶從早上泡到現在，半口也沒喝。

哦！你們還在
思念小師弟呀！

你們未免太操心了！
他那小鬼靈精不會有
事的！
吉人天相

學學我，樂觀一點，天
天開心，人生多美好！
HA
HA
HA
HA

你這鍋悶苦瓜
已經連續吃
六天了！
胡說！

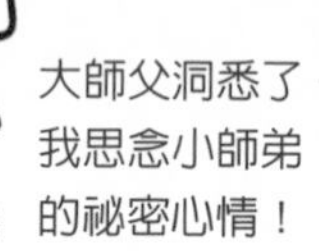
大師父洞悉了
我思念小師弟
的祕密心情！

不知道他的下落，
我的一顆心就像苦瓜
一樣的悶……
小師弟在何方？

討厭！我再也憋
不住思念的淚水
了！

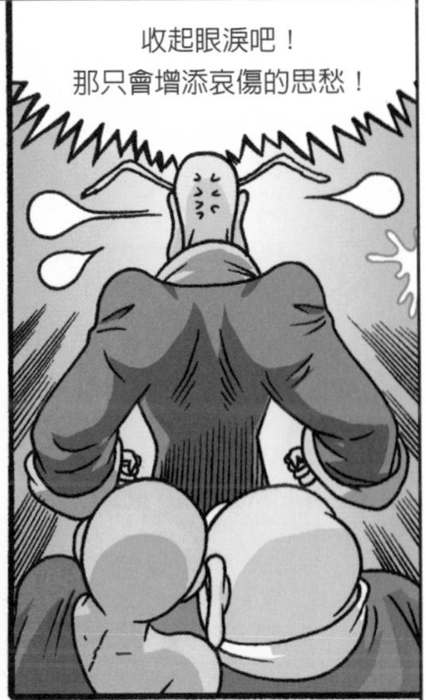

讓我用「烏龍塔羅牌」，為他脆弱的小生命卜上一卦吧！

那是他壓箱三十年的法寶!!

命中玄機牌面觀，
運裡乾坤掌上現！
原來大師父還是
個牌技高手！
牌神
長眉！
牌神
長眉！
唔……
太久沒
玩，牌技
生疏啦！
Den
白誇你了！

第一卦
第二卦
你頭上的就是
第三卦！
yes!
這三張
牌將顯示
他的命運！
現在
準備開牌！
PA!
第一張牌是
「海蛇」！
海蛇的劇毒能瞬間殺死一
頭大象，他肯定是遇上了
和「水」有關的困難！

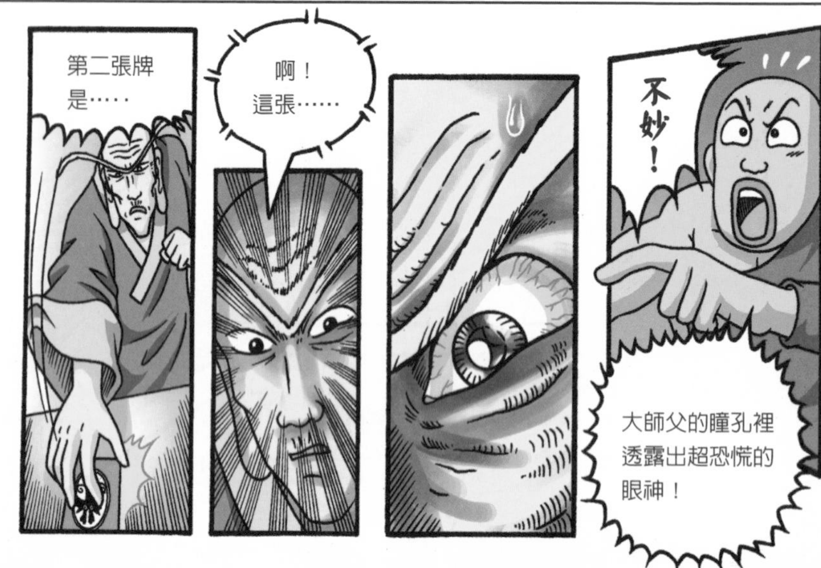
第二張牌
是……
啊！
這張……
不妙！
大師父的瞳孔裡
透露出超恐慌的
眼神！

竟然是一張
「死神」！

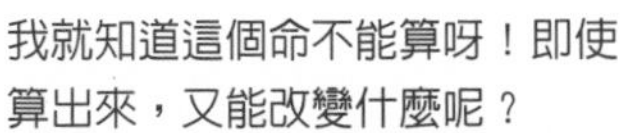

我就知道這個命不能算呀！即使算出來，又能改變什麼呢？
命

都是你出的爛主意！
而且手氣這麼差，還抽到一張「死神」！

罷了！罷了！
只不過是一場遊戲唄！
嗚哇！可憐的小徒弟

命運之門既然打開了，就要勇敢面對現實！
不可以這樣不負責任！

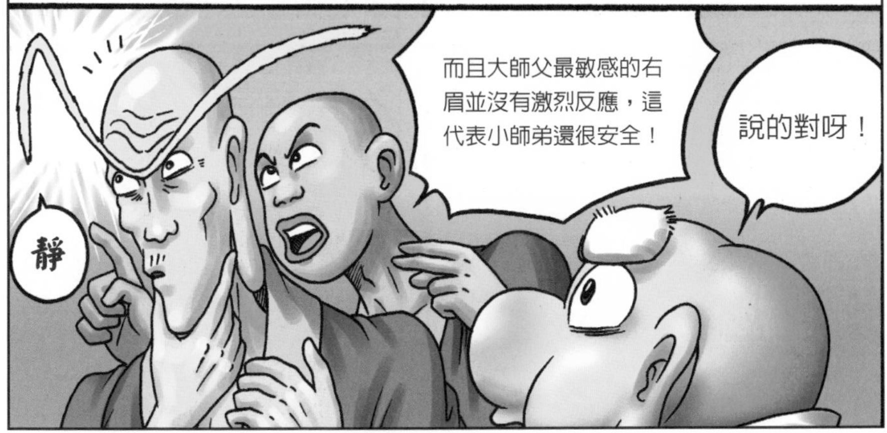
說的對呀！
而且大師父最敏感的右眉並沒有激烈反應，這代表小師弟還很安全！
靜

更何況還有最後一張牌還沒開哪！
這神祕的第三張牌……
到底隱藏著什麼玄機呢？

嗯

大師父陷入沉思的樣子好帥呀！

我考慮的結果，決定由你去開牌
不！

開！
我
不
敢
慘不忍賭哪！

SHINE

太陽

大吉

好兆頭

徒兒呀！活著要靠
自己，不要太迷信！
拍
拍
是。

啊啊！
就是啊！幹嘛相信
一付十元的牌，還
是盜版貨！

小師弟真是
令人擔心哪！
愈算
愈煩……
唉
唉
唉

大師兄！
別來
煩我！

咦？是誰在叫我
大師兄？難道…

Hey!
A
TURN

鬼呀！
他們
回來啦！

長眉
爺爺！
嗨
嗨
胖師父！

在大雪山我派
三忠犬去接
你們，
A
為什麼你
們沒來？

為什麼突然
臉色大變？
那三條狗
兒…
三條…三條
…狗狗…
嗚
那三條可
憐的狗…

唉
那三隻可愛的狗兒呀！
你快點說呀！
他們到底怎麼了？
牠們被兩名神祕客屠殺了，而且還被烤來吃！
啊！

胖師父也吃了好
多牠們的烤肉！

胖師父你是愛狗
協會成員，竟然
吃狗肉！

臭小子！把我
給出賣了……

你自己才吃
最多！還跟
我搶狗腿！
有嗎？

真是
對不起。
嗚
別難過了！

我再宣佈一件
讓妳更難過的
訊息！
貓奴！
今日可說
是妳的倒
楣日……

妳的主人，也就是請我們尋找活寶的「龐貴人」，已經遭到謀害，被一掌釘在青林溫泉的崖壁之上！

而且那是一
隻枯瘦如柴
的左掌！

我們非常懷疑：
那會不會就是
活寶的左手！

不可能吧！依時間推
算，水觀音不會同時
出現在兩地。

那……
就奇怪了！
這神祕又恐怖
的左掌，會是
誰的呢？

難道是……

這裡有份尋找活寶的地圖，
是主子生前交待我的，裡面有非常重要的路線圖。
這是…
…
現在交給你了！
哦
五行極祕圖

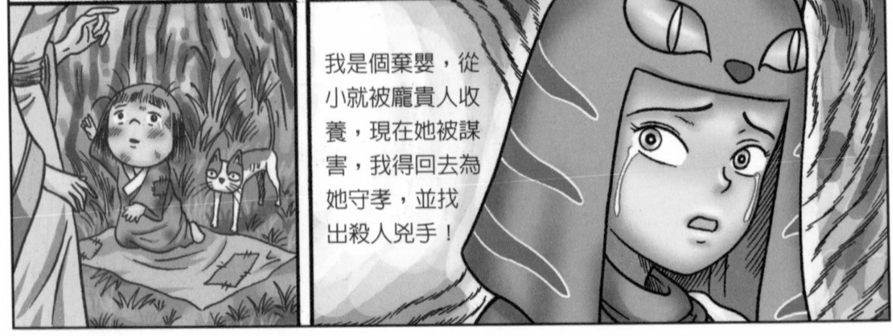

無論兇手是否和活寶有關，我發誓要宰了他！
幹嘛衝著我咆哮？

又不是我殺了妳主子，兇什麼兇呀？

活寶！不管你是善是惡，
多少人已經為你而付出生命，你是個「禍根」！

哼！禍根！

禍根！

誰才是禍根哪！

長眉，現在決定怎樣？
開會
委託人死了，佣金也花完了…
嗯！
所以…
收拾殘局成本太高，吃力不討好。
原來你們是為了錢才和我在一起…
泣
這就是烏龍院的本性嗎？
…
不能放棄
她不只是活寶，而且還是艾飛！
只剩八天時間！
七七四十九天的大限就要到了！
如何？
艾寡婦還盼你把小艾飛帶回去哪！
考慮一下！
哎
好唄！
送佛送上天。

第58話

大漠一點綠

狂沙暴塵死裡逃生，直奔翠湖踏水留痕

呼
超熱！
從這裡開始就是「烤骨沙漠」了！

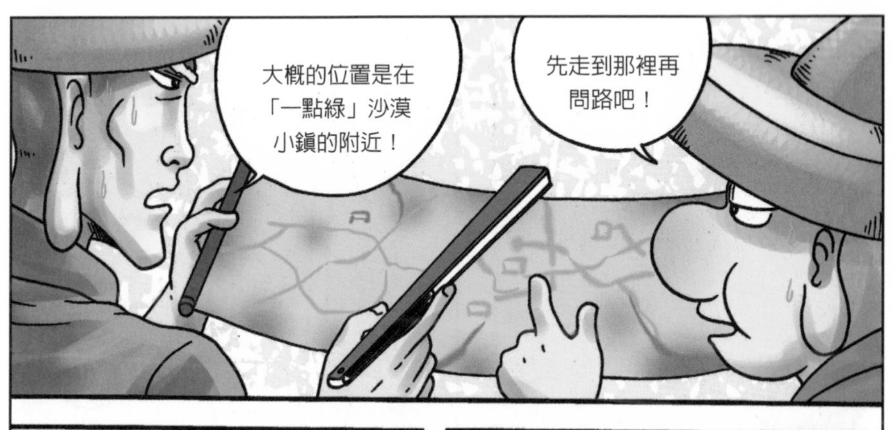
大概的位置是在
「一點綠」沙漠
小鎮的附近！
先走到那裡再
問路吧！

咕嚕
咕嚕
咕嚕嚕

別把水浪費了！

在沙漠裡，水比
金子還貴重，要
省著點喝…
最重的行李都是我
在扛，喝一點水也
不行嘛！

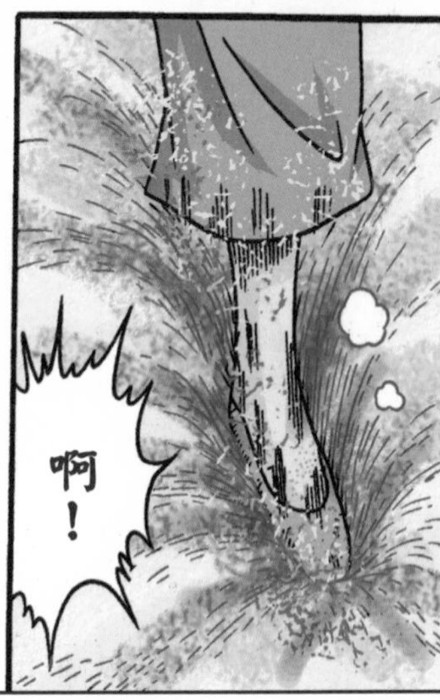
啊！

流沙！
快
抓住
我的手！
你們這三個笨蛋！

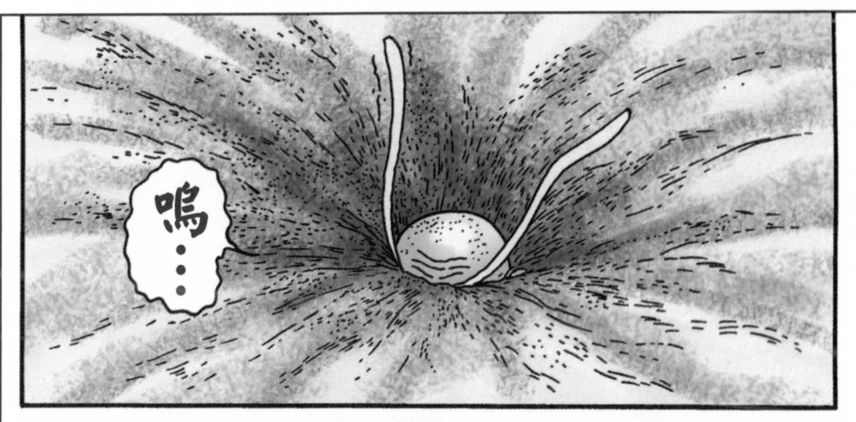

大師父！我們
不會放棄你的！

扭轉乾坤

哎喲
哎喲
哎喲

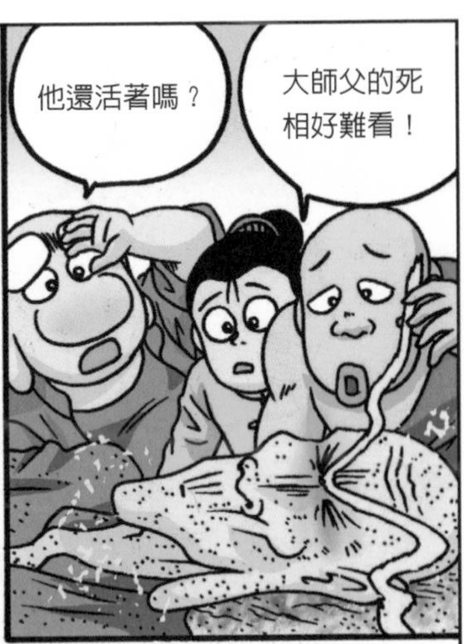
大師父的死相好難看！
他還活著嗎？

呸！
PE

水！我要喝水…

你……剛才把水……埋進流沙裡了！

好不容易才救上來！
發癲啦！
我的水呀！

毀了！
沙漠裡沒水喝
肯定喪命！
大師父快想
辦法！
吸你的血止渴！
哇
不妙！
活寶暈倒啦！
活寶是人蔘精，
缺水就立刻
枯萎了……

不要再耽擱了！
趕緊上路才能找到
生存機會！

長眉，往這個方
向對不對呀？
嗯
應該沒錯吧！

走了三個多
鐘頭了……

頭皮都
曬裂了！
到底對
不對呀？

你們要對大師父的
領導抱持信心！
OK

!

MO
駱駝怎麼突然間
變得這麼驚慌？
竟然開始
在沙地裡
挖洞！
MO
MO
牠一定是口渴，
想挖地下水…
不對！
駱駝是沙漠之舟，
能熬得住幾天不喝
水，牠現在挖洞，
是一種動物天生的
求生本能！

風！
好涼喔！
咦？怎麼有座大山？
那不是大山！是時速五百里的沙漠風暴！
哇！
快學駱駝挖洞！
借躲一下！
大師父耍賴！

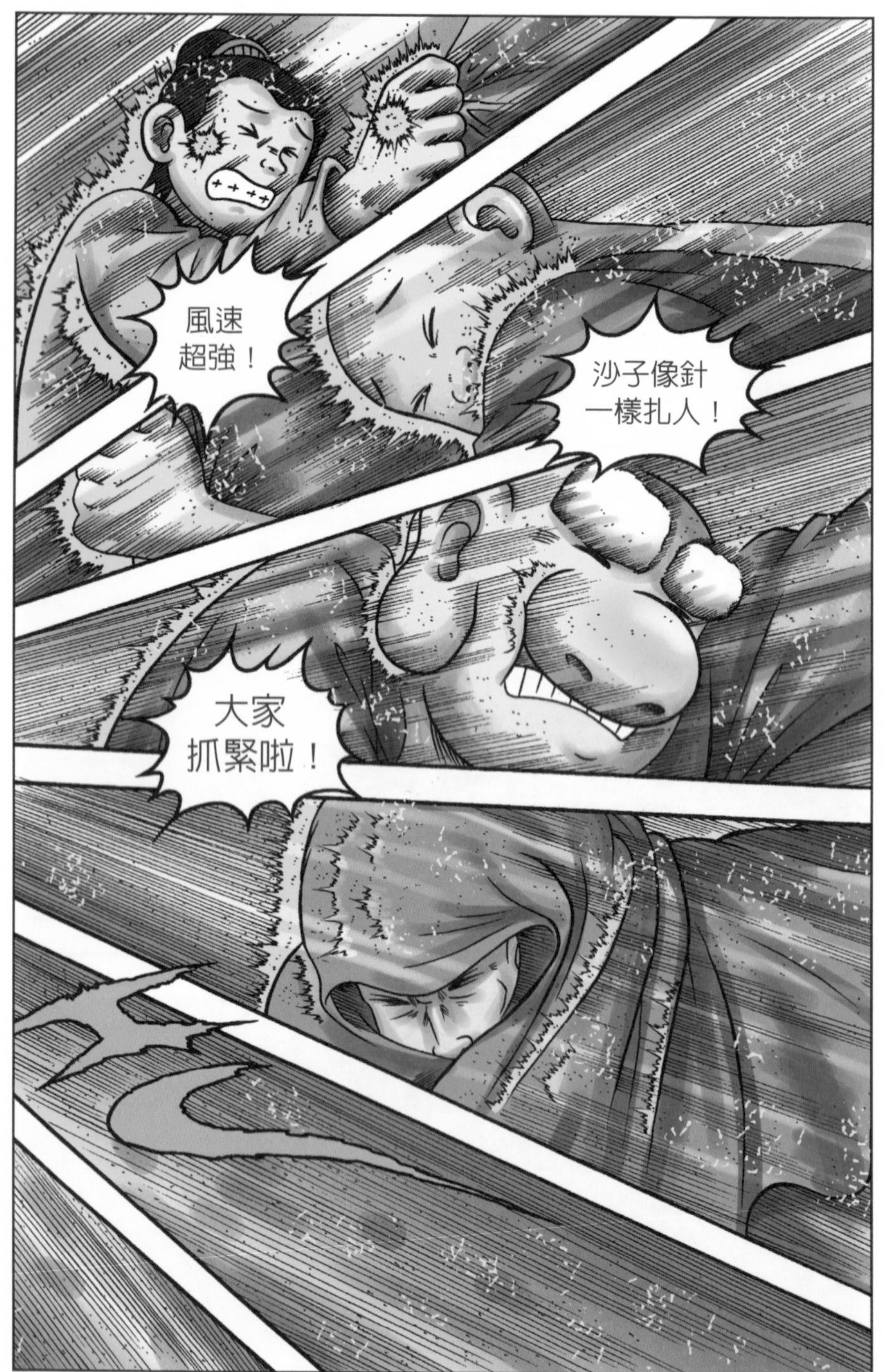
風速
超強！
沙子像針
一樣扎人！
大家
抓緊啦！

……
哇！差一
點悶死！
幸好大家
都安全
了！
好像還少了
一個誰？
可憐的
駱駝！
被我們
五個壓
扁啦！

師父，還有更悲慘的事發生了。
行李全部被風颳跑啦！
水沒了！
大家要冷靜！
行李也沒了！
幸好還有地圖。
地圖能帶領我們走出困境！
那就是希望！
呵呵呵呵
地圖……也被吹跑了！

驚！
地圖！

快點！
搶救地圖!!

好陡的坡呀！
沙子阻力好大！
腿軟了…

徒弟們加油！
我已經沒力了……

我也不行啦！

耶呀！

絕不能讓壯闊的青春埋沒在這片鳥不生蛋的沙漠裡……

臭地圖不要跑！
SA
SASASA
SASASA

呼！終於停下來了！

餓虎撲羊！

059

別再飛啦！

哇
哎
哎
滾滾滾
哎
哎
哎

PON
哎喲！

FU!
真是找我麻煩……

臭地圖！
看你往那裡跑…

DEN
喲

綠洲！
師父！
我找到綠洲啦！

請將你想詢問敖老師的問題，不論是有關《烏龍院前傳》、《活寶》、《漫畫中國成語》的漫畫劇情、人物角色、創作心情，或是有關敖老師本人的習慣癖好，甚至是對敖老師照顧飼養的動植物感到好奇，任何問題都可以發問喔！

【我的採訪問題】

寫下採訪問題後，請於2011年12月31日前，以下列任一種方式傳給「烏龍院 採訪組」

1. 寄回函：台北郵政79~99號信箱
2. 用E-mail：newlife@readingtimes.com.tw
3. 請傳真：(02) 2304-9301~2

讀者基本資料

姓名：　　□先生　□小姐

出生年月日：　　年　　月　　日

電話／手機：(　　)

地址：□□□□□　　縣／市　　鄉／鎮／區／市

路／街　　段　　號　　樓

E-mail信箱：

請記得填妥基本資料，以便寄贈精美小禮物！

找到水啦！

哇！動作可真快！

喂！等等我呀！

水
水
水
水
有人偷襲！

喂！別弄髒了水源！

什麼話？
這是你家的水嗎？
水上面又沒刻是誰的名字！
否則就把你們
活埋在沙裡！
少廢話！快點離開！
太不通人
情啦！
給我們喝一些水也
不會少塊肉嘛！
可惡！實在是
欺人太甚啦！
哼！渴死
也是你們
家的事！

老子今天偏偏
就是要喝水！
真是不湊巧！
大師父要發飆了！
酷！
誰敢攔我？就是和自己的小命開玩笑！
長眉最可怕的「暴龍眼」出現了！
嚇嚇嚇嚇！

這招是輕功極品
「一葦渡江」
幹得好！
胖師父也
快點上陣！
嚇
嚇
嚇
嚇
嚇
我太胖
會沉下去……
他衝
過來啦！
好強的
功力呀！

超棒的氣魄！
這麼老了還能
如此的狂野！
咱們年輕人絕不
可以輸給他！
嚇嚇嚇
一葦渡江
WA
WA
COOL

啊
哎
哎
喔！
嗚
噌
咕
嚕
徒弟溺水啦！
他……
!
快給我起來！
水這麼淺！
你還裝死嗎？

好涼喲！
好涼喲！
哇！中刀啦！
我在拼老命，你卻在玩水？
孽徒！
HALA

張總管出大事啦！

有人偷水，
被打死了！

不是我們
殺的！

咳咳

在哪裡呀？

就是
那些
人！

咦？

沙 沙 沙 沙
嗚！可憐的徒弟…

你騙得了大頭呆，可瞞不過我這把刀！
水裡沒有半點血水
是砍左腳還是先砍右腳？

任何鳥事都逃不過您的法眼！
大師父開恩哪！

痛
都是你！害我被罵大頭呆！
說謊話鼻子會變長的！

咳！你們幾個
不要在水裡
打渾仗！

給我起來！

快點給我
爬到岸上
來！咳！

吼～

嘖
好不容易才找到這份工作，
拜託你小聲點！
李總管，這些怪人也是來參加「金牌辣廚」爭霸賽的嗎？
金
牌
辣
廚
一點綠的主人叫辣婆婆，是個超級美食主義者，這次提供優渥獎賞，公開徵選一位辣味專家！

第 59 話

金牌群英會

冤家路窄大鬧客棧，六強劍指辣廚之王

三百
這次比賽，勝出者將可以得到辣婆婆的三百枚金幣以及為你實現一個願望的獎賞！

金幣上神祕的符號！
重要的線索再度出現！

大師父要參加嗎？有你最喜歡的三百枚金幣噢！
嗯！

那就派你做代表去參賽吧！

可是…弟子這些家常菜能上得了檯面嗎？
茶葉蛋
水煮蛋
蛋花湯
蛋炒飯
荷包蛋

請各位到裡
面報名吧！
叫你去，
你就去唄！
大師父呀！
求求您嘛！
別害我啦！

萬一輸了肯定
被你揍！
拜託啦！

哎呀！

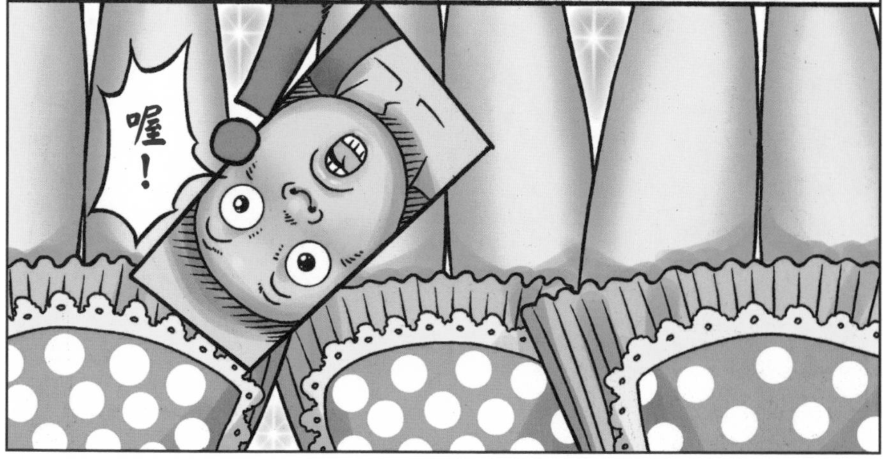
喔！

歡迎光臨「一點綠」，我們是「五朵花」服務員。
我是「小葡萄」
我是「小紅柿」
我是「小蘋果」
我是「小草莓」
我是「小甜瓜」

美女?!
全包在我身上！
好，我參加！
PA PA PA
我是神勇無敵超級猛男「烏龍院」大師兄！
可愛哦！
我叫阿亮！

左前方那個狂
吞辣椒的大胖
子！
他是嚐遍天下百辣
的專家「四川辣王」
歐陽擔擔。
好強！
右邊那一位是來
自西域的「魔術
料理師」。
他能夠隔空尋火烹
調出香嫩無比的
「紅油烤魚」。
更強！
後面那位的刀功
更是無與倫比！
他是
料理界人稱
「一把菜刀
刨平天下」
的阿咪師！
超強！

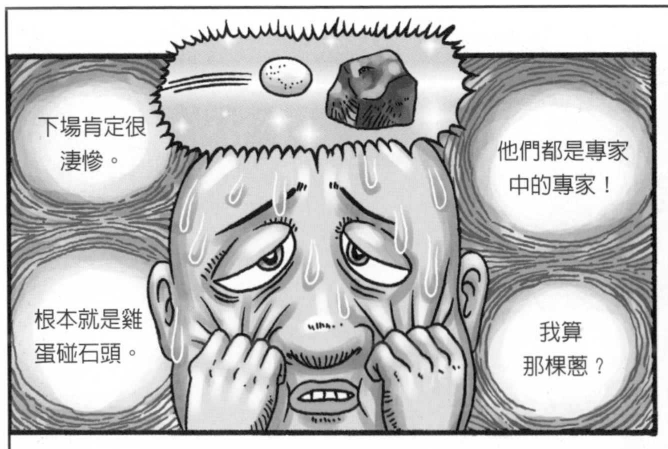
下場肯定很
淒慘。
他們都是專家
中的專家！
根本就是雞
蛋碰石頭。
我算
那棵蔥？

溜

師兄要去哪兒呀？
你不是要參加
比賽嗎？
噓！別
讓師父
知道…

大師父說了！
去也是死！
不去也是死！
大卸八塊

本次參賽者
還有一隊最
神祕的：
他們就是兩男
兩女的武林怪客
——「四×隊」！

看來這場拼鬥
非同小可了！
四×隊？

這四個武林高手結合了武藝和廚藝，招式犀利、菜式創新，是很可怕的對手！

運氣不錯噢！能搞到免費的房間！
因為我是選手才有的福利噢！

啥？這是什麼房間？

小氣鬼！簡直比難民營還克難！

活寶！妳的臉怎麼啦？

因為我對辣椒過敏，才起了紅疹子！

會不會很癢呀？
有沒有發燒呀？
需不需要抹藥？

會不會很
癢呀？
噁心！
有沒有
發燒呀？
噁心！
需不需要
抹藥呀？
噁心！
哥哥我明天就
要出場競爭
「金牌辣廚」！
而妳卻給我
對辣椒過敏！
簡直就是故意
打擊我的
士氣嘛！
不祥
之兆呀！
CON
CON
為什麼你們
都不關心一下
我的心情呢？

喂！
隔壁說話
小聲一點！
好雄渾的
內力！
WOOOOO
WOOOOO
隔壁住的
不就是神祕
的「四×隊」嗎？
他們究竟是哪條
道上的人物？
你是什麼東
西？少爺我
憋著一肚子
氣！說話也
犯法嗎？
再囉嗦！
就過去
扁你！

你還是少
惹事為妙！
不…
那多窩囊呀！
烏龍院
大師兄阿亮
絕不服輸！
反攻！
怎麼樣！
嫌我吵是吧？
你把耳朵
割下來切絲
炒雞蛋吃下去
就聽不到啦！
怎麼樣！
怎麼樣！
沙
沙
沙
他…
沙
他……走過來了……
一步一步
逼向門前……

沙
沙

來就來唄！
兵來將擋，
水來土掩！

沙

嗨！
喔！是
小草莓
服務員！

嗨！
怎麼會
是妳？

我想問一下
你的身高。

大概是
177公分囉！
妳對我
有興趣嗎？

是隔壁那位
先生要問你
的。

嘿嘿！
幫你量一下
做棺材的尺寸！

啊！是你！

啊！
是你！

師父呀！
是殺狗的
那個矮冬
瓜混球！
無麼！
是雪屋裡
的那個光
頭傻佬！

媽呀！

光頭哥哥！
又見面了！
就是他們
害死了葫蘆
三姐妹！
真好玩！
不是冤家
不聚頭！

他們和葫蘆幫
竟然是一伙的！
一丘之貉，
物以類聚！

樓上兩幫
怪人要打
群架啦！

安靜不了三分
鐘又要惹事！
哎呀！
生抽

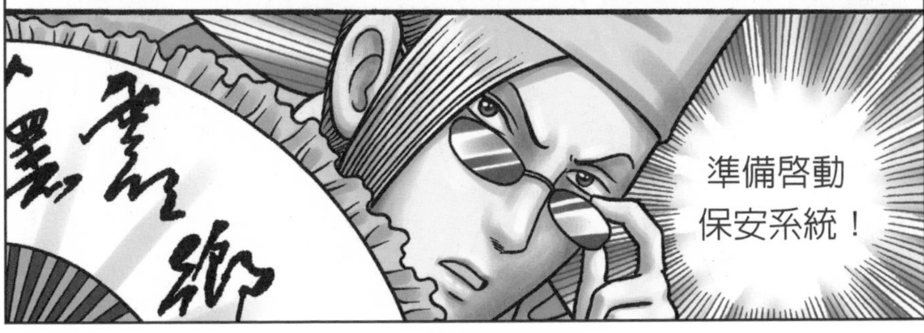
準備啓動
保安系統！

衝呀！
衝呀！
WADA
嗨！小亮哥！
CEN COM
POWOR
喔！
滾開！

別過來！

嘖

嘖
嘖
嘖
嘖
嘖
嘖

狂吻
嘖
嘖
嘖
嘖
嘖
嘖
嘖
嘖

看了想吐！

長痘子的小妹，你敢批評我的吻術？

咦？
妳就是那個叫做…

喂！妳親夠
了是不是？
換我親妳了！

用我的
鐵拳好好親妳
一下！
ZOOM

喝！
大妹子！
呔！
哎喲喂呀！
POW

一點絲保安大隊！

向鬧事者實行鎮壓！

噴射！

「麻辣摧淚醬」

哇！
哇！
PAN
哇！
HUA
躲不掉了！
糟！「大力吸引」已經發功了！
肥姐！全被
妳吸過來啦！

咦？
轉向了！

全衝向我們啦！

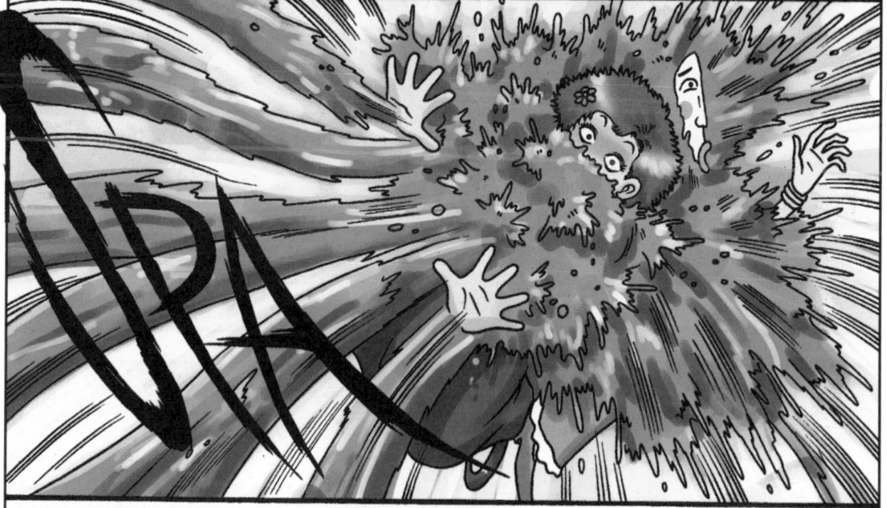

眼睛被
辣得睜不開！
全身皮膚在
發燒！

誰再惹事生非，
我就要逐客了！
爺爺我高興
打架不行嗎？
用辣椒
嚇唬我？
嗤
哇！

手腫起來啦！

呵呵呵！
這是一點綠的
招牌辣椒
「滿堂紅」！

我這裡只歡迎
一流的料理師，
不歡迎三流的
江湖客！

她就是
辣婆婆！

咳！咳！
小小騷亂，
驚動了婆婆！

張總管做得很好，
誰要是搗亂，
就把他轟出去！

下面那個
長眉毛的
是誰呀？

我是烏龍
院的掌門
長眉……
老太婆在叫
老頭子咧！
…

管好你家這群
瘋狗，再鬧就
唯你是問！

聽到沒有！
別再給本院
丟人現眼啦！
呼啦
呼啦
汪
汪

張總管，目前
有多少參賽者？
多少呀！
多少呀？

登記在冊的
一共有五隊…
四川辣王
紅油王子
阿咪師
四X隊
烏龍隊

好熱鬧喲！
我可以參加
比賽嗎？

喔噢！
漂漂哦！
沙漠裡的
一朵花！
姑娘，
請報上妳
的名號！

蒸、煮、炒、炸、
涮、烹、沾、撈、焢、
爆、滷、拌、燻、燉、
燜、烤、灼、醃、
淨、燙、煎……
請多指教！
我是新潮流
川菜達人
「江少右」！

細皮嫩肉，
能有什麼
真功夫！
花拳繡
腿！

師父！別在
女生面前
漏氣嘛！
赫！
她一口氣能寫出
二十一種料理
方法，就比你們
兩個強！
哼

注意到了嗎？這少女
從沙漠走來，皮膚
居然滑潤白皙！
超厲害哪！

嗯！不能小看她！
應該積極釋出
善意才對！

你好！在下是
烏龍院大師兄
阿亮！

WHAT?
SHAKE

新來的騷貨!!
妳想搶我
男友嗎？
喂！妳別
胡說！

等一下！
妳別動

嚐…

這是從七年樹齡的「貴州椒」採下來的，經過一周曝曬，加上龍舌蘭酒釀製成的辣椒醬。
強！
COOL！
正確答案！
愈來愈好玩啦！我現在宣布：明早九點開始，正式比賽！
正式比賽！
明早九點！

第 60 話

雙關淘汰賽

燙沙爛蛋脫穎而出，菜名競猜三勝三負

睡不著
怎麼辦
別吵

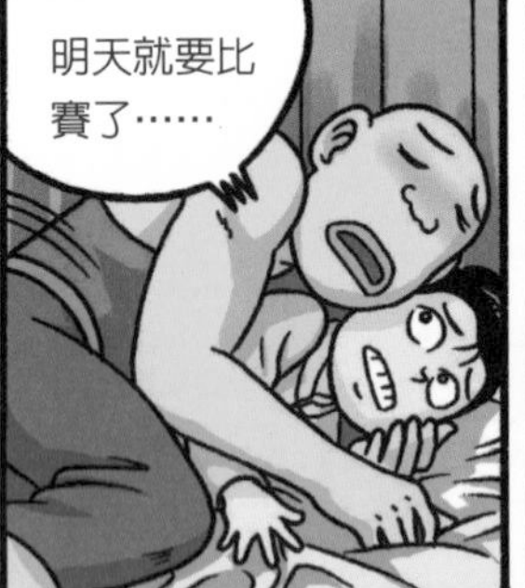
明天就要比賽了……

我的心好亂
別吵！

你們好吵噢！
你們不要吵！
都是他在吵！

你害得大家都不能睡覺！

拼死拼活還不是為了妳！
沒良心的臭丫頭！

喂！
閉上嘴巴！
我數到三，誰再吭一聲，我就扁誰！
一
二
三

Z Z Z
Z Z Z
Z Z Z
Z Z Z
真是一群欠揍的傢伙！

你溜到我床上幹嘛？
在大師父這裡比較有安全感！

我也要睡
這裡。
我也缺安
全感——
EEEK
我也要
抱抱！

通通給我滾
回床上去！

喂！隔壁的
不要鬼叫！

……

噹
噹
噹
噹
噹
噹
噹
噹

噹
六點整鐘聲
已經敲響！
「金牌辣廚」
開始比賽！

1
第一關叫做
「小菜一碟」！
用最簡單的材料做出
最精緻的辣菜，比的
是各位的基本功！
六位選手
抽籤決定
材料。
請抽籤！
四川辣王抽到的
是「大白菜」。
江少右抽到
的是「仙人
掌」。
阿亮抽到的
是「蛋」。
扁葫蘆抽到
的是「黃
瓜」。
阿咪師抽到的是「豆腐」。
魔術料理師
抽到「竹筍」。

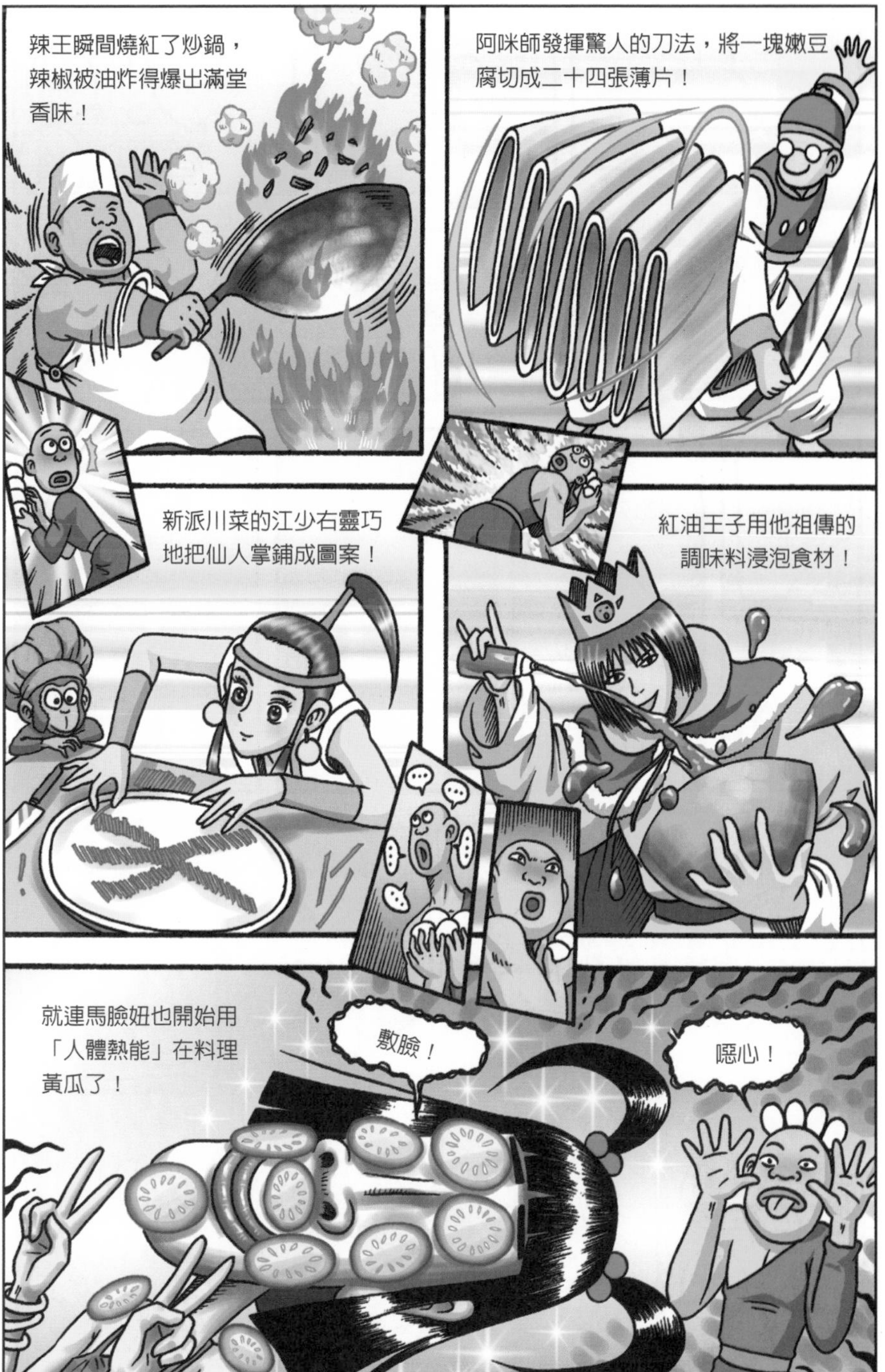
辣王瞬間燒紅了炒鍋，
辣椒被油炸得爆出滿堂
香味！
阿咪師發揮驚人的刀法，將一塊嫩豆
腐切成二十四張薄片！
新派川菜的江少右靈巧
地把仙人掌鋪成圖案！
紅油王子用他祖傳的
調味料浸泡食材！
就連馬臉妞也開始用
「人體熱能」在料理
黃瓜了！
敷臉！
噁心！

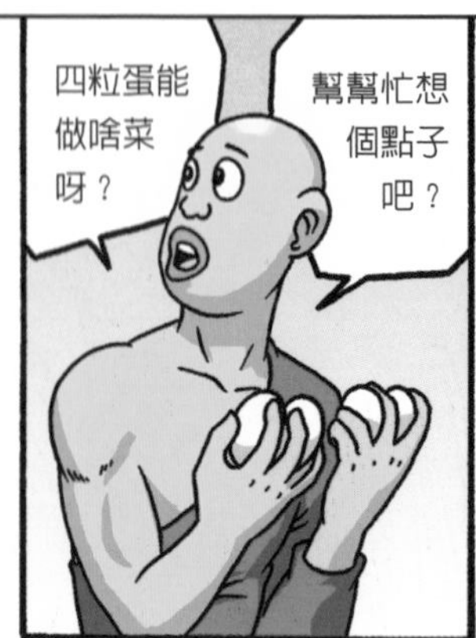
四粒蛋能做啥菜呀？
幫幫忙想個點子吧？

WO

算了！求人不如求己
四
個
笨
蛋

首先必須冷靜下來…

既然已無退路只有勇敢向前突破！

技術上差他們一大截，所以必須在創意上搞些名堂…

嗯！
就是蓮花在污泥中綻放！

四蛋同床
遜
蛋皮狗臉
遜
蛋卷壽司
遜
混蛋歸一
遜
四大蛋妹
遜
雙蛋聯姻
遜
斗雞蛋眼
遜
三層蛋塔
WAA

慈悲的蛋神哪！
求求你指點迷津
給我啓示吧！

唔！蛋的前
方是一片炙
熱沙漠……

對呀！
沙漠…

我找到
答案啦！

發癲啦！你要去哪裡？
我去取材料！
有意思！一開始就不按牌理出牌…

喂！你徒弟是不是上次吃狗肉補壞腦袋了？
甭提了！上次事還沒和你算帳哪！

他經常會做出令常人不解的瘋狂舉動！
ZOON

你們別看他傻，那是一種恐怖的潛在爆發力！

傻小子竟然把
沙子倒進了
鍋裡！
他……腦袋
有問題嗎？
嗯！
呼
呼
呼
天哪！
他是在…
蒸沙子！
嘿嘿！
他愈來愈
起勁了！
De
大師兄把
辣油灌入打了
小孔的雞蛋
裡面！

各位來賓！
大家辛苦了！
現在由我來
表演一段
「阿亮蛋蛋秀」！
SHAKE-SHAKE
Boom
Boom
SLEP
SHAKE SHAKE
BOOM
BOOM
WOO-WOO
YOOO
Q.Q.Q
SLAMP
HI
HI
CHA
CHA
CHA
CHA

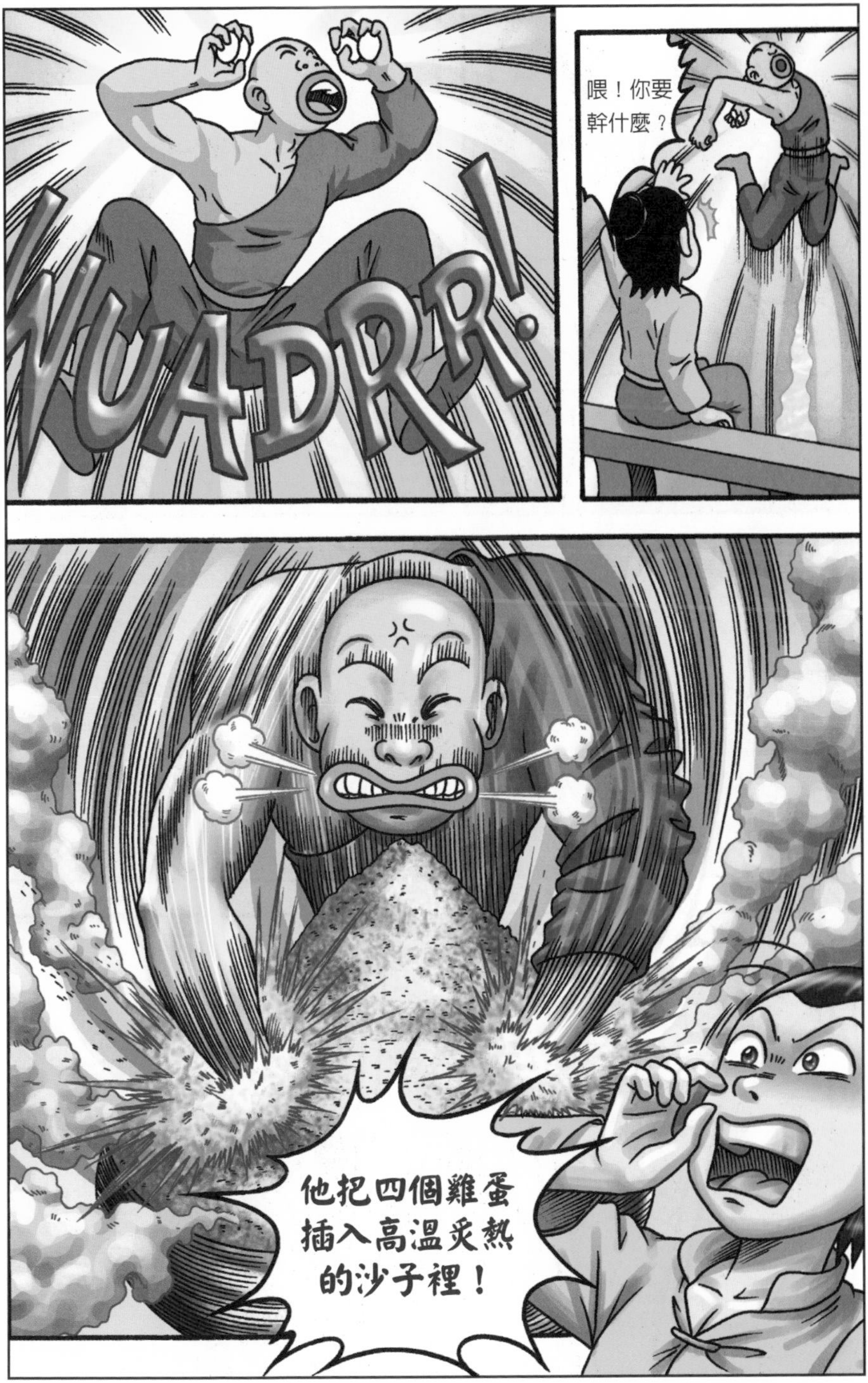

他把四個雞蛋
插入高溫炙熱
的沙子裡！

喔
喔
喔
喔
喔

喔！好燙喔！
好燙喔！

嘻嘻！你們
很閒嗎？
我的菜
已經做完囉！
被他耍
啦！
爐子上
的菜！
完了！

焦了！
糊了！
稠了！
來不及了！
變成豆腐
渣了！

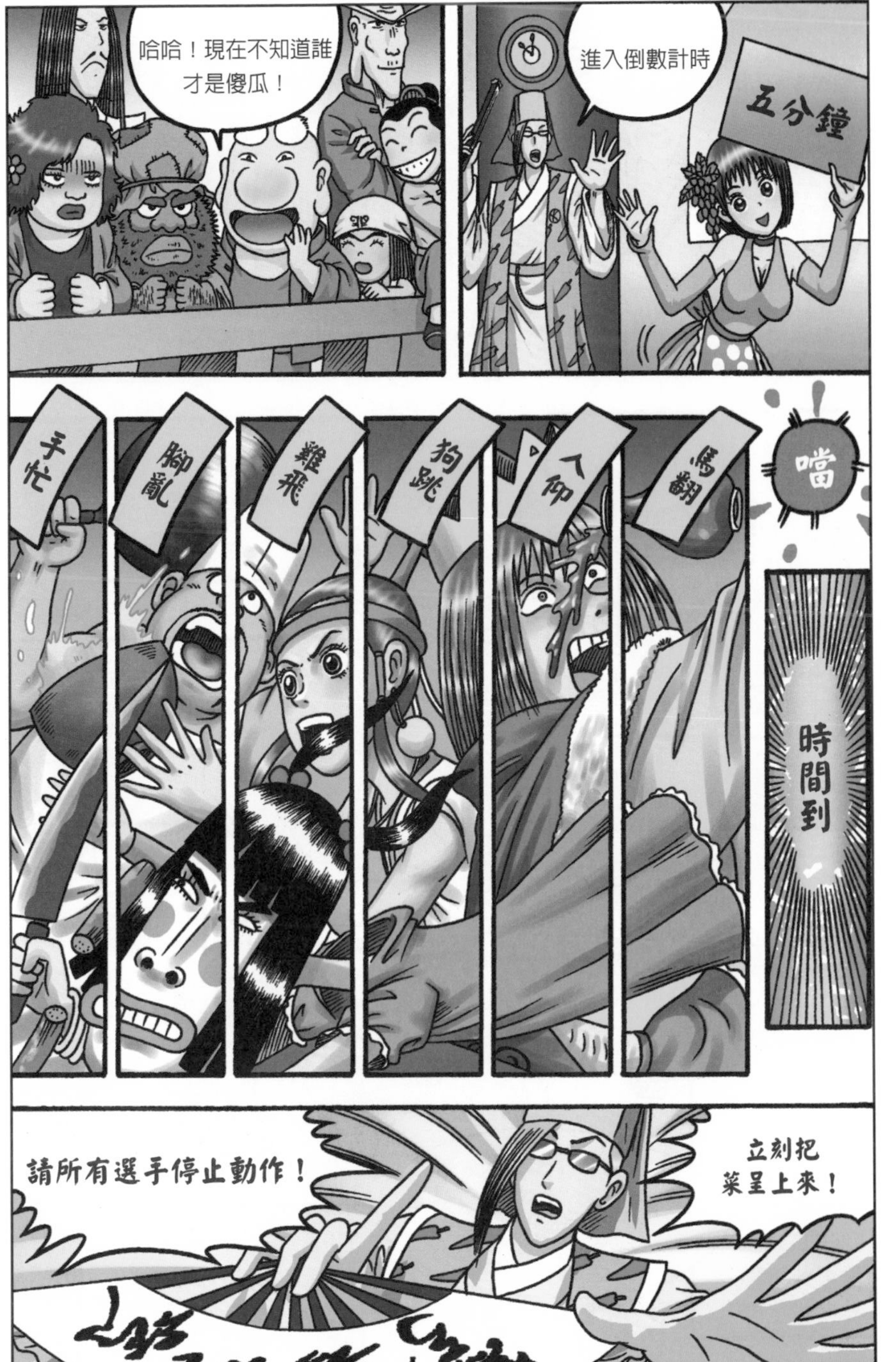
哈哈！現在不知道誰
才是傻瓜！
進入倒數計時
五分鐘
手忙
腳亂
雞飛
狗跳
人仰
馬翻
噹
時間到
請所有選手停止動作！
立刻把
菜呈上來！

喂！你來
不及啦！
等一下！
我還沒淋
醬汁哪！
有請辣婆
婆主審。
扁葫蘆的「翠湖風情」
精緻的菜色和她
本人完全不搭。
辣王的「麻辣白菜塔」
包裹著厚厚一層七味粉
令人垂涎
三尺。
阿咪師的
「千層腐皮」
雖然刀功了得，
但最後一刻忘了
淋醬汁，
功虧一簣。
紅油王子
把竹筍雕
塑成白玫瑰
的形狀，
浸在紅油裡，
真是一個美字。
江少右利用仙人掌的綿綠，
辣芥茉的翠綠，加上泡椒
的酸綠，整體如同在飛舞
的風箏。

咦？這一道
「金字塔」是誰
做的菜式？

那是我的
神來之筆！
金字塔裡
藏著神祕的
寶物哦！

嘖！四個焦黑的
蛋埋在沙裡！
有啥神祕呀？

慢著！蛋殼
底下另有玄機！

剝殼的蛋體
竟然有著
紅色旋渦
的紋身！
原來是
辣油灌入蛋體
之後經過快速搖晃，
再瞬間插入高溫
的沙子裡凝固而成！
充份運用
現場材料
的傑作！

吃起來微辣的蛋，
竟然有一種天然的
沙漠風情！

被辣婆婆誇獎得
很不好意思吶！
HOHOHO
HOHOHOHOHO

臭光頭旁門左道
的料理，
害我分心擔
誤了時間！

自己定力不夠，
休怪他人得意！

辣婆婆的「飛蛋」
劃破刀鋒變成兩
半，蛋黃以八十
公里的時速擊中
阿咪師的腦門！
PATA

阿咪師成為辣廚爭霸的第一名淘汰者。
好強的內力！
蛋黃必殺技！

只要發揮想像力，小廚也能成為大師！
料理無疆界，

張總管，繼續下面的流程。

是！準備進行第二輪比賽。

主題叫做「一葉知秋」，比的是各位舌尖上敏銳的味覺。
嚐一小口菜，說出謎底的菜名和材料，接近正確答案者勝出！

一公分長的
乾辣椒！

要從這小東西上面
猜出菜名和材料，
簡直是瞎子摸象！

限時三
分鐘！
如果不想猜，
就等於放棄
比賽囉！

他簽樂透
也從來沒中過！
傻徒弟每次
猜考題，沒有
一次是對的！
喔

搞什麼幼稚園
的遊戲？直接
抓過來拷問就
得了唄！

甜？
酸？
什麼味道？
這
是……
嘖…
苦？
鮮？
辣？
麻？
澀？
鹹？

亮哥哥！
嚐出味道
了嗎？
有點甜又有
點辣……
鮮鮮的，又有
點油油的。
好可愛！
是不是就像我
日夜對你的思念！
呸！滾開！
哼
小冤家！
又苦又澀
的單戀！
乾辣椒……

嗨！有感
覺了嗎？

討厭！
走開啦！
塌鼻子
扁平臉！
啊！
是妳！

用你的舌尖去輕
輕觸吻它……
噢？
吻它？

味蕾的細胞會順著
唾液流進你的食道……
噢！

然後它會傳達到你
大腦前葉中樞的味
覺辨別系統……
噢！
感覺真正好…

喂！別搶我的男人！

妳的男人？
他有貼標籤嗎？

別和她爭了，我比較適合妳！

臭美！你算哪棵蔥？
臉上還擦了粉的小白臉！

其實…
你…
如果不嫌我胖，可以和我約會嗎？
WHAT
OH OH OH

真現實！一下子就變得這麼嚴肅。

還是剛才比較好玩！

從辣椒表面的油漬看來，有快炒過的痕跡。
嗯
除了蔥和蒜之外還有些苦澀的生薑味道。
另外也加了一些酒。
嗯
難道是水產之王螃蟹嗎？
問題是主要的食材是什麼呢？味道是如此的鮮美……
還是羔羊肉？
是明蝦嗎？
還是…
好難呀……
啊…
剩下最後十秒了！

5
五
4
四
3
三
2
二
1
一
時間到！
請選手
出示答案！
四川辣王寫的是
「麻辣雞翅」。
麻辣雞翅
馬臉的答案是
「鐵板雞腿」。
鐵板雞腿
大師兄是
「三杯雞柳」。
三杯雞柳
江少右的
答案是「宮
保雞丁」。
宮保雞丁
他寫的是
「紅油辣子雞」。
紅油辣子雞

喔呵呵呵呵！

張總管，
揭開謎底吧！

我聽到老
太婆詭異
的笑聲…

啊！
那是…

鳥巢！
這是用海南島特有的「鳳仙椒」切片炸出來的！
海南鳳仙椒，彎如鉤月，尾端呈鮮黃色。
江姑娘的確很有見識！
不錯。
哇！
姐姐好厲害！

那不是用炸的，而是先在托盤裡塑形，再用沸油燙脆，所以倒扣過來之後，表面才會光澤沒有焦痕！
嗯！完全正確。
超棒！
哇！
她們怎麼懂得這麼多！
唔
什麼海南鳳仙椒？
聽都沒聽過！
嘖！
真浪費
一大堆辣椒炸了也不吃！
夠咱們院裡吃三個月了！
現在可以讓你們做最後的確認。
這「鳥巢」裡面裝的是什麼菜？
肯定是鳩肉，不會錯的！
我的鼻子比狗還靈！
讓我們來看看是不是鳩肉……

多麼艷麗的光澤呀！
就像正在燃燒中
的火焰！

再給最後一次機會，
讓你們更改答案！
考慮三十秒！
啊！
這…
你不是說鼻子比狗還靈嗎？
今天感冒鼻塞……
豆腐上面反射黃色的光澤不像是辣油造成的。所以……
大鼻孔吸收到的訊息，豆腐裡除了辣味，還隱藏著另一種……
改嗎？
改不改？
不改嗎？
該不該改？
小光頭，你改不改啊？
不改肯定就輸啦！
大師父常訓示我「不要盲從流行」！
咱們別理那傻小子！
對！死一個少一個！

我把答案改為
「紅油豆腐」
紅油豆腐
啊
我的新答案是
「辣子豆腐」
辣子豆腐
看好了！
這道菜真正的
名字叫做
「浴火鳳凰」！

〈浴火鳳凰．製作祕方〉
用大火燜蒸，熱氣凝聚頂端會將鳳仙椒和老土雞的油脂同時滴在豆腐上，必須控制好火候，逐漸降溫凝成火焰的圖案。

第61話

拂曉大決戰

師徒情深夜半助陣，各顯神通備料驚人

今天連過兩關可
把我累壞了！
嗯

我看你是僥倖過
關，運氣好而已！
噗

你有本事？
你去比呀！
去呀！

我只是個小孩子！
怎麼比呀？
你說風涼話可比
大人更厲害嘛！

疼
疼
窩裡反啦！有時間吵架，不如動動腦想一下如何打第三關！
不公平
人家那麼辛苦還要被罵！
你辛苦了？
沒有
沒有
沒有
老實說，你今天能過關很僥倖！
是
是
也都是我帶給你的好運。
所以下一關，你必須發揮實力完成任務！
是的!!
弟子遵命!

你準備好做菜
的材料了嗎？
用什麼做主菜？
用什麼做配菜？
用什麼當
調味料？
我哪裡有準備
什麼菜呀？
只有臭襪子能
煮一鍋鹹粥！
EEEK
別再說了！
咕
立刻收起來！
不要引起公憤！

咱們是
一家人！
有事應該大家
互相幫忙！
別……別
把壓力全
擠到我阿
亮身上！
不好受
小師弟！
你要幫我什麼？
啊，我是小孩子，
哪裡有菜給你呢？
妳…
別指望我！
我對辣椒過敏呀！
胖師父！割屁股肉
幫我完成任務！
抵死不從！
要幫我什
麼呢？
大師父！
您呢？
我負責監管，如果你
敢偷懶就淘汰出局！
PATA

罷了！
求人
不如
求己！

我自己出去想辦法吧！

我們真的不幫
大師兄嗎？

讓他自己去解決問
題，這樣也是一種
成長。

那等我長大之後遇到
困難，你們也會袖手
旁觀囉！？

為了將來不要
和大師兄一樣
的下場，
我應該先去
幫助他！

你自己去想
辦法吧！
哇！提早體驗到
現實的人生！

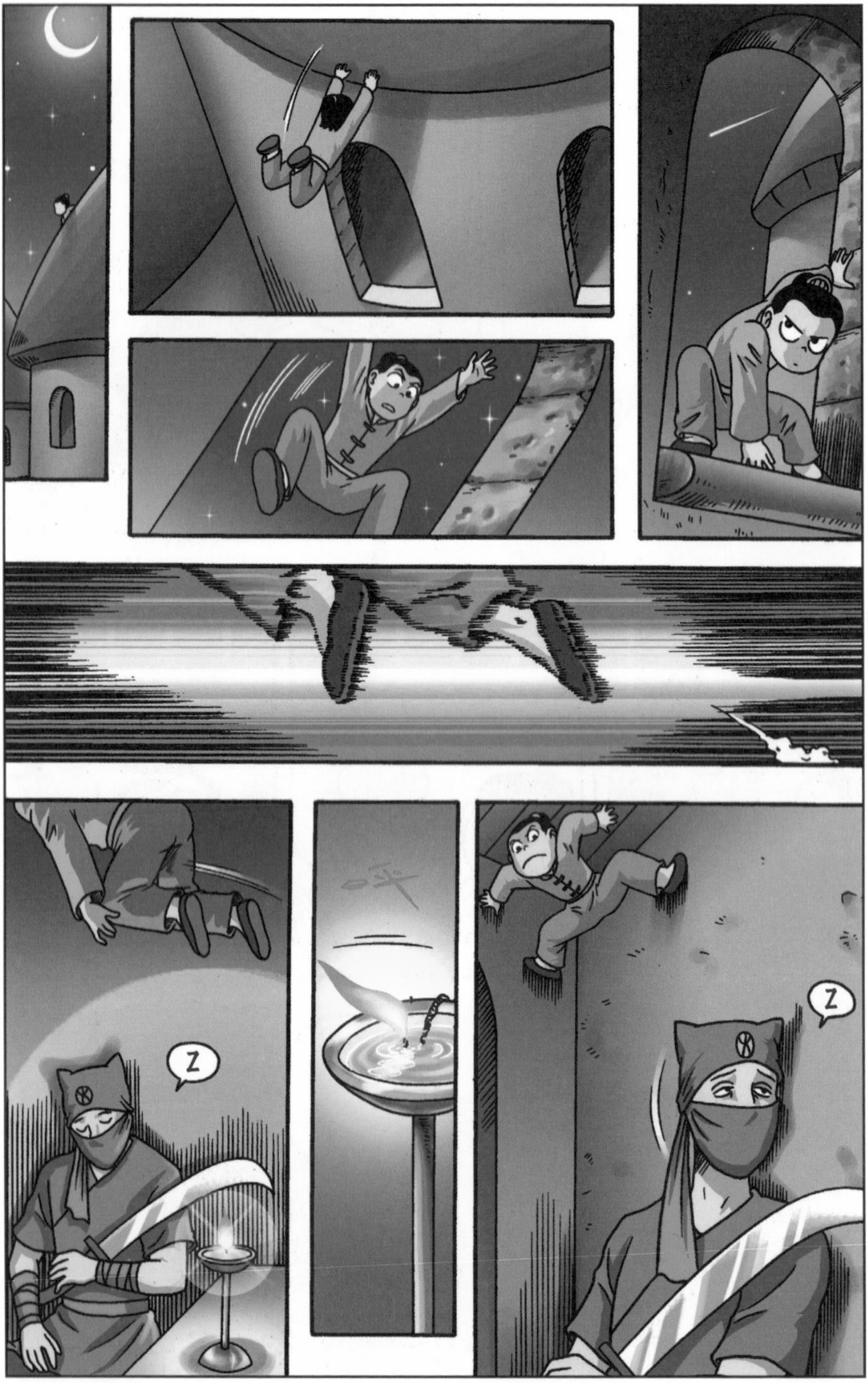

呼
Z
Z

Z
沙！
沙！
！

噓

辣椒

辣椒
噓

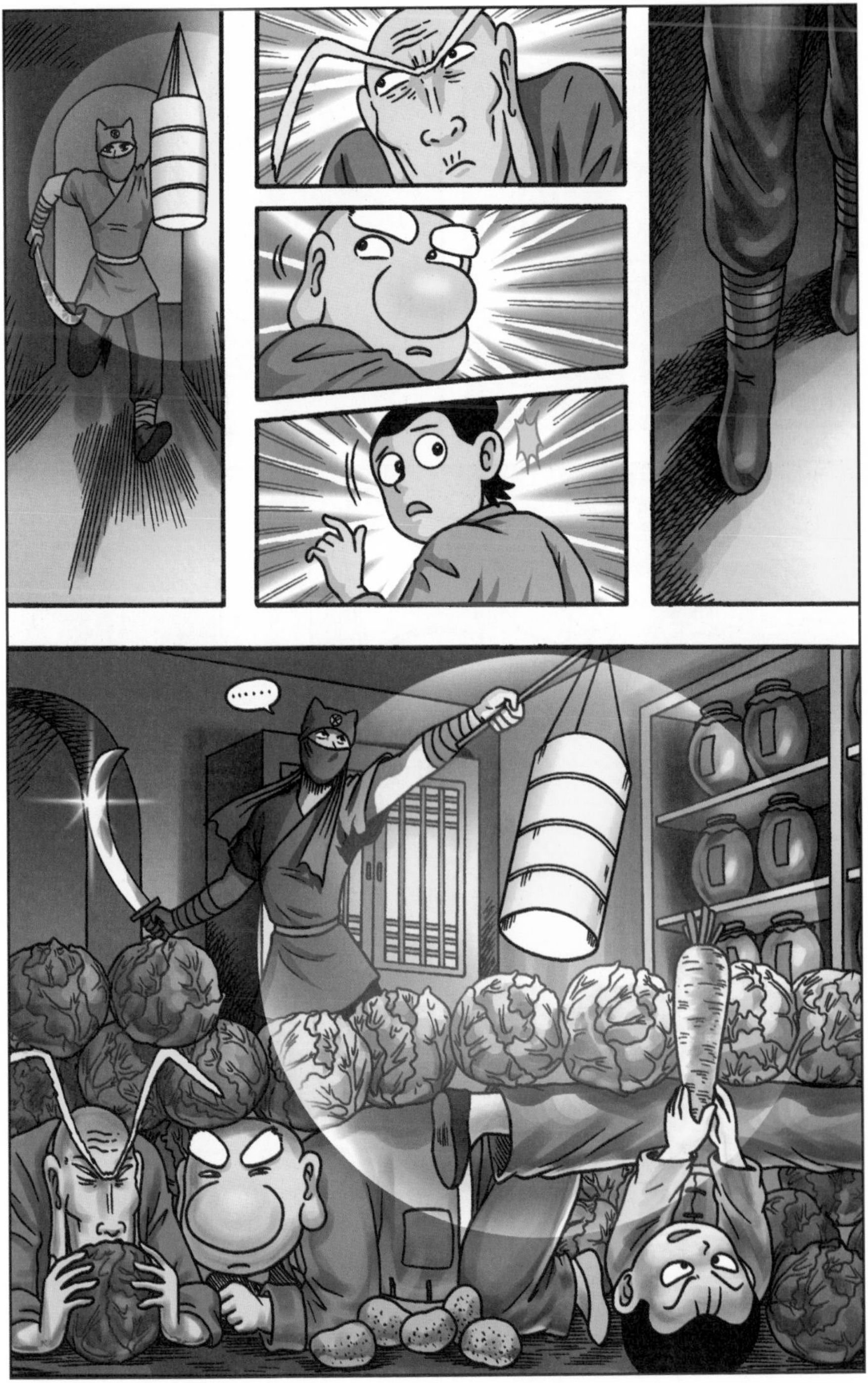

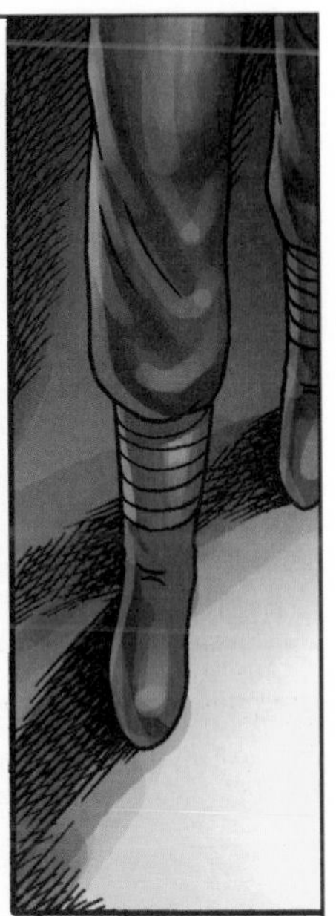

COLO
COLO

幸好沒被
發現！

你們倆是進去
偷菜的嗎？

要你
管！
躲在櫥櫃裡
幹什麼？
我還正想
問你哪！

都怪你們啦！自己
人嚇自己人，結果
半根菜都沒拿到！

算了！
先回去唄！
不再想想其
它方法嗎？

你們三個去哪裡啦？
幹嘛這麼嚴肅？

咱們三人去散步！
臉那麼臭？踩到狗屎了嗎？

哎喲！我的臉頰好刺痛！

妳怎麼啦?!

我對辣椒過敏，是誰的身上有帶辣椒進來？

我沒帶辣椒呀！
我也沒有！

剛才是誰躲在辣椒櫃裡的？
好像是你噢！
唔！

這是剛才偷……
不！是撿到了一些。

瞧！就是這些黑色丸子。

喔！這黑丸子有這麼厲害嗎？
慘了！變成肉餅臉啦！
快點拿開！我的臉發燒了！

看起來一點
也不辣，像
巧克力……
BOOM
BOOM
辣死我啦！
受不了！
嘿嘿！
撈到好東
西了！
長眉！你那
玩意簡直就
是炸藥！

都快十二點了，
大師兄還沒回來？
呼
呼
呼

呼
呼

呱
呱
張總管，決賽準備就緒了嗎？
就等著您老人家發言了！
那就開始吧！
三隊選手請入場！

一號選手，
江少右！

大
閘
蟹
WAO
WAO
WAO
在沙漠酷熱的高溫下，竟然讓冰塊不融化？這……簡直是不可能的事呀！
嗯！有意思，幾十年沒嚐到大閘蟹的鮮味了！
酷！

是的！我今天
料理的菜名就是：
侏儸紀
香辣蟹
侏儸紀？
是恐龍吃
的嗎？
幹嘛這樣看？
我又不是
恐龍妹！
因為我使用的是
古法川味的「突
菱椒」。
那是一千多年
前絕種的原始
椒類，她是如
何得到的？

中華料理博大精深，變幻莫測的廚技就是一種藝術。

咳

唯有藝術才能使得料理感動人心。

咳

咳

行。

接下來！

有請
第二隊出場！

還有更詭異的料理要出現了！
啥？

第 62 話

沙克魔術般的料理

霜凍大閘蟹內臟爆膛，烏龍師兄破嗓建奇功

好巨大的
材料……
是全羊還
是全牛？
不會是保育
類動物吧!?
這些怪人讓
我心臟受不
了……
開！
AAA
!
男人！
喔！
要煮活體給
我吃嗎？

沙克．陽
他沒死？而且是葫蘆幫的同伙！
你們認識這個人？
上次他也闖入了青春池！
這傢伙來頭不小，是秦朝煉丹師的傳人！
看樣子，他還是這群高手的領導……事情愈來愈棘手啦!!!

夠了沒！
故弄玄虛
搧

省點精力比賽唄！快報上料理菜單！

您這沙地找不到好料，我只得沿途摘了些蔓藤……
啥？

沒搞錯吧？憑這些破爛雜菜也想來拼「金牌辣廚」？

「簡單就是偉大」，要比的是創意、是巧手與妙心！
臭小子，要比帥也不會輸你！

EEEK!
你可以先去洗菜了！
上節目最愚蠢的事就是得罪主持人。
哼！
下一隊輪到烏龍院出場了……
咦
人呢？
烏龍院
主將還沒回來！
呃……
可以再等等嗎？
不行，快點換人選！
噢！
大師父最年長，先上陣吧！
不行呀，他連煎蛋都會燒焦！
洩我的氣嗎？最起碼還能吃！
EEEK

你頭大腦小，只會
吃飽了就睡！

不要在外人面前
取笑我的身材！
WU
WU
咻
咻

兩位師父，一起上唄！
雙龍出海，掌聲鼓勵！
PALA
PALA
PALA
PALA

要你多事！
掌聲鼓勵啥呀？
你就只會起
哄裝可愛？
KOKO
KOKO

師徒大會
開完了沒
有？
給你們五秒
鐘，再不決
定人選就宣
布棄權！
FU~OW

5

4

3

2

1

時間到！

嗯！

本席現在正式
宣布：烏龍院
已經……

等一下！

烏龍大廚來也！

大師兄！
他回來啦！

師父！
徒兒千辛萬苦地把材料扛回來了！
不容易呀！

很好！
好！
幹得好！

現在我想獻唱一首歌，表達此刻的心情！

一
二
三
四
開始唱
我的熱情呀！
好像一把火！
燃燒了整個沙漠
POWER FULL

小雨滴，
滋潤了，
乾涸的心窩。
小花朵，
開滿了，
青春的角落。
結束了？
OH
終於
唱完啦！
我狂愛這片
無邊的沙漠！

謝謝!!
完畢了。

唱得好！很有沙漠風暴的韻味！
呵！
哈！
呵！

升火起鍋，上刀落菜，開始進行決賽啦！
張總管，如果你還想領薪水的話，就快點主持節目吧！
喔！是的！是的！是的！

大師兄帶回來什麼好東西？

駝峰！
PON！

你自己瞧吧！

就是那頭在沙塵暴裡犧牲的可憐駱駝嗎？

事實上牠是被你們倆給勒死的！

駱駝大仙請原諒我們吧！
不要在半夜裡來找我呀！

喔！是她！
是從隔壁飄來的！
好濃的辣椒味！

這是江少右的「突菱椒」，下油鍋爆出來的香味！
古老的突菱椒在遇到高溫時會釋放出特有的紅色激素！
那種濃香是所有辣椒種類裡的「喜馬拉雅」！
「喜馬拉雅」是什麼馬？
「喜馬拉雅」是天下第一高峰！比喻第一名的意思！
好冷的笑話！
嘿嘿！
幸好她的冰凍蟹需要解凍，咱們在時間上還有優勢！
哇！不太妙！

化！

「喜馬拉雅」！

烏龍蹦蹦丸
千錘百煉

剁
剁
剁
剁
剁
剁
剁
剁
剁
剁

咦？怎麼就只剁出這些肉？

廢話！全都剁到咱倆頭上了唄！
SORRY！

糟糕！忘記一件最重要的事！
我竟然沒有準備辣椒！

完了！
完了！
完了！

沒有辣椒
如何競爭
「金牌辣廚」？

弟子有辱使命，愧對
師門，自行了斷！

師父沒有
阻止我自
刎！
還露出
詭異的
笑容……

我做人太失
敗啦！連死
前都要被
嘲笑！

早就幫你準備好
了！這是師父
祕創的辣油！

弟子感激涕零
無法控制自
己……
加上這愛心辣
油，我們必能
爭第一！
又過敏
了？
又辣
又鹹！

師父您這是什麼恐怖辣油？手掌都腫啦！

偷盜來的辣丸在稀釋成液態之後，竟然還能夠保持如此強烈的刺激。
傻徒弟控制不了的。
我們出手相助！

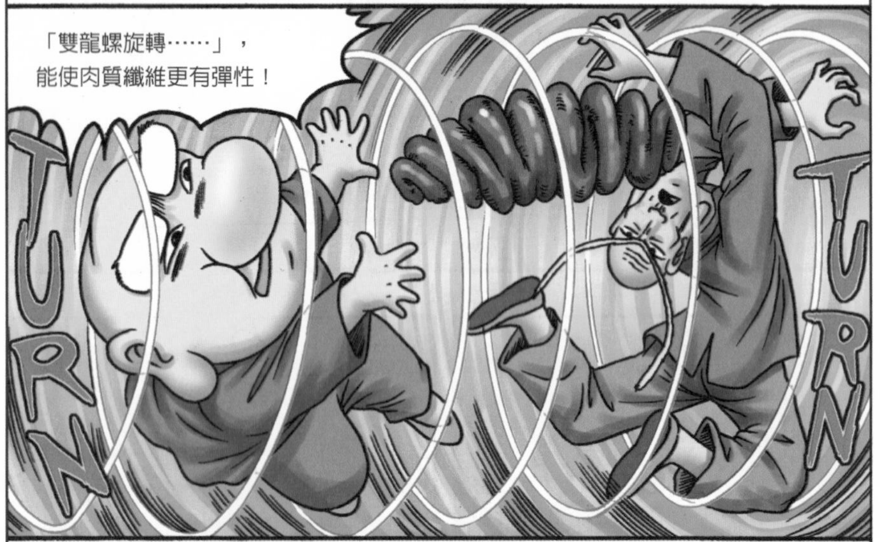
「雙龍螺旋轉……」，能使肉質纖維更有彈性！
TURN
TURN

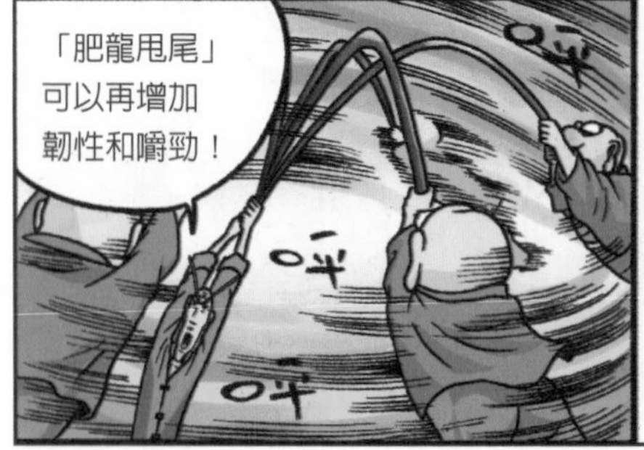
「肥龍甩尾」可以再增加韌性和嚼勁！
呼
呼
呼

彈性測試極佳！可以開始下鍋了！
好耶！
彈

手工刀削駱駝肉
削削削
削削
削削削
噹
噹
噹
噗
噗
這群怪
師徒，
就連做個菜也
是怪招一堆！
但是看起來
很好吃。
妳也很
怪咧！
油炸吃了上火，
還會冒痘子。
你才是
怪叔叔！
大熱天還
穿那麼多！
閃人

烏龍蹦蹦丸
火熱出爐！！
我們先
嚐嚐！
請多指教
請多指教
為什麼叫
蹦蹦丸？
辣
辣
辣
辣
辣

小伙子，把
你做的丸子
拿過來。
讓我也品嚐
品嚐！

老人家您挺
得住嗎？
萬一蹦到西
天，我可不
負責任啊！
蹦蹦丸很
辣的喔！

嚼

沒什麼味道，
再多來兩粒。

嚼
嚼

老太婆！你的食
道是鋼管做的嗎？
嚼
嚼
嚼

這種小口味也敢
叫做辣？

吃吃看我
的「飛天
丸」，
這才叫做
「辣」！

不能吃！
不能吃！
那玩意很
厲害的！

怕嗆呀？一
粒三丸何懼
之有呢？
我吃。

吞
嚼
嚼
辣
蹦蹦蹦蹦蹦蹦
師父…
徒兒栽了…
徹底地被
老辣婆打敗啦！

一號江少右也完成了作品！

喔！

充滿自信的美少女。

好樣的！

喲呵！

她是怎麼變出來的？

巨大華麗的水雕神龜！

相較之下，本院的破碗就很寒酸了……

土

土

這道佳餚敬獻給辣婆婆，
祝您龜鶴延年，
福壽滿堂！

打開蓋子一瞬間，突
菱椒的香氣立刻令
全場為之垂涎……
香到不行哪！

怎辦呀？
她的嘴又甜、
菜又香，
占上風啦！
香
香

請婆婆品嚐，突菱椒
燉出來的大閘蟹乃是
皇宮御膳極品！

碎
為何堅硬的蟹殼，
脆弱得像麵皮？
因為妳的
大閘蟹全身
都布滿了
裂痕……
一定是被剛才烏龍院
的破鑼嗓音波將蟹的
關節和五臟震裂！
經過燉製，
早已承受
不住外力
了！

不！這不應該發生的！
這不應該發生的呀！

HO HO HO HO HO HO
打得好
打得妙！
PA PA PA PA
張總管！最後一隊的料理做好了嗎？
揑
還…還沒！他們圍成一圈連灶火都沒開！
嘖

喂！你們好了沒呀？還在搓麻將嗎？
再拖拖拉拉就取消資格！

好了！
狂傲之中帶著智慧！
啊喲！這一抹笑容！

這是在沙漠裡就地取材的
耐熱藤蔓「哈特葛」，
外表雖然粗糙，內層卻有
非常細嫩的飽和澱粉。
嗯！
超像當年放
浪的我！
再將它揉成
麵條狀編織
為容器！

你是在表演
手拉胚嗎？
!
HO HO HO

喂？活膩啦？
別干涉咱們
老大辦事！

這道菜最重要的部分，就是
這兩罐特別的醬料，也都是用
沙漠植物
調配的。

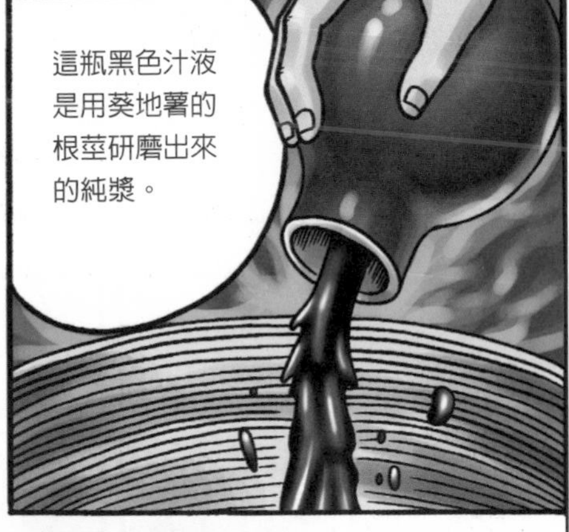
這瓶黑色汁液
是用葵地薯的
根莖研磨出來
的純漿。

另外這瓶是將
檳榔割體所
收集到的汁液。

你提出的這三樣材料全都和辣味無關，要如何做出辣的料理？

祕方就在於當三種物質混合在一起時所急遽產生的化學變化！

嗯！這位年輕的煉丹師甚是聰明！

竟然懂得轉用自然植物彼此之間的「分子激素異變」原理！

191

好一個
「真辣無相」！

說說看，你這
道料理究竟取
什麼名字？

「無心」。

何謂「無心」？

就是妳吃了之後，
會辣到沒心跳!!

說話太放肆了！

竟敢威嚇辣婆婆！

根本就是個江湖郎中！

裝模作樣的傢伙！

藤心沾上黑白兩道醬汁，竟然泛起陣陣寒光。
玄！
詭異。
右眉跳災！
抖
為何他會露出狡黠的表情？
嘿嘿…
哼！

吸。

抖抖

抖抖抖

就像吃涼麵一樣，完全沒有辣味。
乾澀的草味，令人吃了口渴。

差一點就被他唬住了！
煉丹師只不過會吹牛而已。

不對勁！他狂傲的眼神彷彿看到大魚上鉤！

抖抖
抖抖
狂抖的右眉指向了那碗水!!
水？

老太婆！妳不能喝呀！
那碗水才是「無心」的導火線！

現在知道
也太遲了！

WA
AAA
EEEK
OH

這道名叫「無心」的料理，充份利用植物異體相剋的化學作用。

好陰毒的手段！

三種材料進入腸胃再經過水份融合之後爆發出可怕的「炙辣」！

第 63 話

辣婆婆夜路走多遇到鬼

小摧吐二指掏探，急救不求姿勢斯文

辣婆婆！

天啊！好燙呀！
全身像個火炭！

怎麼辦？
燙啊！

快點急救！
不然要出人命啦！

先封住她的
心脈穴道！
不能讓血液倒
流，否則腦血
管會爆裂！

完蛋了！老太婆年紀
太大，穴道都萎縮！
體溫愈來愈高，束手
無策啦！

她若死了，
活寶就組不
全了！
對你來說，
人命只像拼圖？
哇！
心脈狂顫！
辣婆婆快斷氣啦！

別怕！
還有阿亮
在這裡！
PA!
你想幹什麼？
你？
這……
「摧吐小白兔」兩指按舌功！
來囉！
JUMP
完了！
出菜！

師父快閃，
她快要吐
了！
嗯……
嗯嗯
嗯嗯嗯
壓
住手！
你想戳死
她嗎？

什麼邪門
歪道？
簡直就是
謀殺！
怎麼樣？
不服氣嗎？

快扶婆婆
進去！

喂！我贏得冠軍，
該給我的東西呢？

一個老人家被你
搞成這樣，沒有
罪惡感嗎？
你有點
良心行
不行？

今天比的是
「辣廚」，
請問我有
何罪？

狡辯！
雖然是比賽，你
也不應該用這種
卑劣的手段！
就是嘛！

比賽就是志在奪標，
你們不要輸了
還裝可憐！

囂張！

你這個傢伙
為什麼每次都
自以為是？
小妹妹，你說
我「每次」？
難道，我們
以前曾經見
過面？

為何躲
起來？
喂！你可
別嚇她！
說漏嘴引起
他懷疑啦！

哈！
小孩子隨口說說，
何必計較？

有本事就
衝著我長眉
來唄！

少爺！
怎麼樣？打還是不打？ 
烏龍院！你們……

辣婆婆醒了！她指定
煉丹師沙克．陽和
烏龍院大師兄阿亮
進屋說話。

等我出來，
再找你玩玩。
隨時奉陪。

婆婆，我把人
帶來了！

喔！

年輕的煉丹師
沙克．陽呀！
你那道「無心」
實在太強了。
辣得我差一點點
就沒了心跳。

既然知道厲害了，就把冠軍頒給我。

當然會頒給你。
只不過，你們兩個都是冠軍！

他憑什麼也是冠軍？
好耶！

因為他救了我一命，如果我剛才斷了氣，你就什麼也得不到！

你說兩個冠軍公不公平啊？
公平
公平

除了這些獎金外，
你們還有機會可以
實現一個願望。

哼
呵呵呵

我的金子全給
你，把你的願望
賣給我。
真的嗎？

我的願望就是能得
到你的金子還能保
留我的願望。
呵呵呵

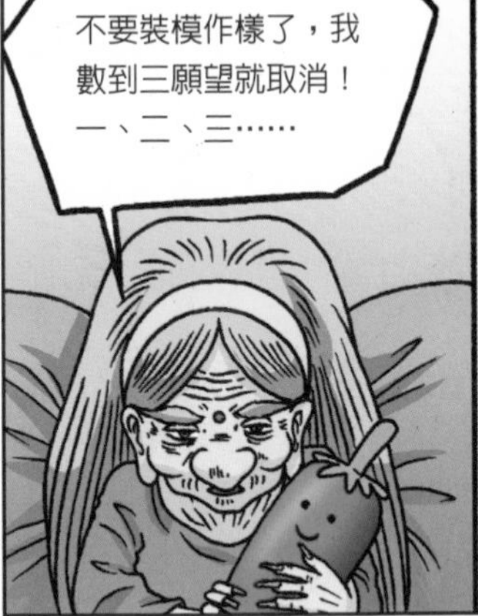
不要裝模作樣了，我
數到三願望就取消！
一、二、三……

我要去地獄谷！

地獄谷是我祖先秦朝大將軍——「火將軍」祝紅所造。

「火」字的中間是一個「人」字，旁邊有兩點，破解之意就是要二人同心才能破解此「火」。

哼！

他的火氣很大呢！

別上歷史課了，快告訴我地獄谷在哪裡？

一直向東走，就能找到門。

向東走！
就是這麼簡單的答案？

如同你做的那道菜「無心」，看似簡單卻又暗藏玄機。
！

這個錦囊交給阿亮，在最危急的時候才能打開它。

為什麼不交給我來保管？

因為你的心太驕傲了。

沙克少爺出來啦！
少爺有得知地獄谷的位置嗎?
向東走。
那咱們就快出發吧！
不行！我被規定只能和那傻子一起去！
哈
哈
哈
哈
哈
哈

辣婆婆除了說「向東走」，還說了些什麼?
她啊？神祕兮兮的！
還給我一個神祕錦囊。
快點打開來看看！
不成！
她說一定要在最緊急的時候才能打開。
你可得收好了！別讓煉丹師趁機搶走。
這個火鑰匙你帶著，應該會用得著。
好吧！
窮的時候還可以換包泡麵吃吃！
阿亮要出發囉！
大家對我有沒有信心哪？
無所謂啦！
我對你們也麻痺了！

大師父、小師父、小師弟、小艾飛，你們不要太想我喔！每天想一下就可以啦！
有好吃的別全吃光！
要留一點等我回來！
你有完沒完！
真是有夠笨的！
前進
前進
前進
呼
加油
加油
呼
呼
呼
快點
別吵

呼
呼
呼

唉喲！累
死我了！

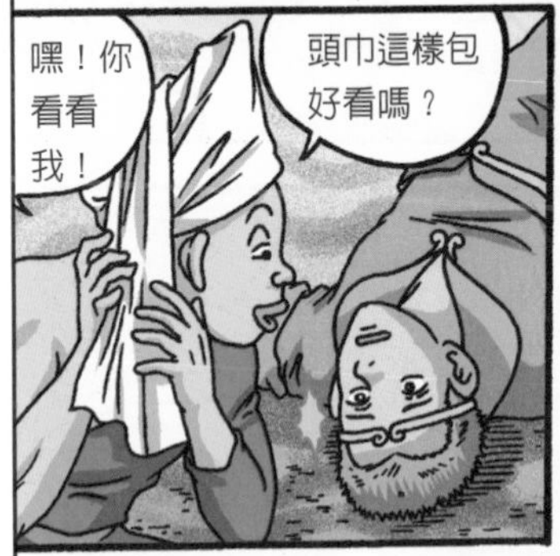
頭巾這樣包
好看嗎？
嘿！你
看看
我！

這樣呢？

還是這
一型？

這樣？
嗯哼！
喵
A-HA

難看！
難看！
難看！

Fon～

我真想
揍你一頓！

你……
你在幹
什麼
啊？

睡午覺呀！

大太陽底下
這麼熱！你
還睡得着？

人家習慣睡午覺，
時間到了
我就會愛睏。

你慢慢睡，
但先把東西
拿出來看！

呵～～
什麼東西呀？

當然是錦
囊裡的東
西呀！

怎麼可以？
辣婆婆說過要等到最危急的時候才能看！

管她說什麼，現在看不行嗎？

不行
不行
做人要守信用。

怕什麼，現在沒人看到……

誰說沒人的？
我不就是個人嗎？

踐什麼？
去！
繼續走唄！

呼
呼
呼
熱！
走了三個多小時，這樣漫無目的，要去哪裡找地獄谷？
辣婆婆說要我們往東走的。
她叫你跳樓，你也照跳嗎？
這會不會是老太婆的詭計？
你有沒有想過……
什麼都不必負擔啦！
如果咱們死在沙漠裡，她一切都省了
唔！

被你這麼一說，我就更急了……
你急嗎？
那就趕緊把錦囊拿出來看。
我是真的尿急！
辣婆婆會是壞人嗎？
嗯……
咚
哎呀！濺到身上了！
撒——

你帶這些廢物幹什麼？
小布娃娃？彈弓？棒棒糖？
變態！
下流
下流
偷翻我包包！

說！你把錦囊藏去哪裡了？

藏在……
褲子裡！
EEEK

這麼大個人還會尿濕褲子！萬一錦囊裡面是毛筆信，就會糊掉啦！

快點掏出來呀！
那……怎麼辦？

還要我掏出來給你看？你這個大變態！

你若不掏，
我親手幫你掏吧！

我才沒那麼笨，其實我早就轉移到後方的安全地帶了！
PA

在沙漠裡沒被
渴死，也會被你
活活氣死！
算了！算了！咱們
分道揚鑣，各走
各的……
陷！
哇！
是流沙！
別慌！
我拉住你了！

快點想辦法，我
一直在往下沉！
哎呀！只拉下
一撮金毛！

後面有塊石頭！
我轉不過
身子……

我拉你過去！
你就只會拉
我的頭嗎？

呃！

現在要怎麼
跳回去？
糟糕！這都
怪你嘛！
害我沒時間
想好返回的
路線！

你別亂抖啊！
不是我在抖
是我腳底下
這塊石頭在
移動！
咔．咔．

嗚哇！腳
下的沙子
全都飛起
來啦！

站不住啦！
啊！

第 64 話

流沙下閃耀的巨大金盔

縱橫百孔打字開鎖，二人合力缺一不可

巨大的
黃金盔甲！

是金子做的嗎？
扛回去就發財啦！

沒想到能誤打誤撞，找到了地獄谷的入口。
是嗎？

辣婆婆曾經說「向東走」，日出的地方，頭盔上的太陽標誌，正是火將軍的圖騰。

可是看不到
入口在哪裡呀？
入口
也許會出現更多的
黃金頭盔？
入口
也許是埋在
沙底幾十公
尺深的地方
……
也許……
傻瓜！
被我騙啦！
BOM！
WA
也許這是
在傳達一
種神祕的
訊息……
也許這根本就是
設計好的詭計！
也許……
已經沒有
也許……
一語驚醒
夢中人！
對喔！
快把辣婆婆
的錦囊拿出
來！
發呆
啊？

錦囊妙計！
一定是
妙不可言
囉！
沒有搞錯
吧！
袋子裡竟然
是一堆
「辣椒」！
這不是辣椒！
是用紅玉磨出
來的錐型石。
一堆小石頭
能有什麼用
處呢？
第一
可以排成求救的符號。
第二
可以當
小光頭的
裝飾品！
第三
可以
擺地攤
籌措路費。
一堆十元

三十顆！
袋子裡一共有三十顆的小紅玉。

說不定就是進入地獄谷的答案！
辣婆婆交給我們這些，肯定有玄機……

一聽到數學題就腦硬化！
可能是一個複雜的數學題。

喂！你別去亂動！
這些小孔會不會有什麼機關？

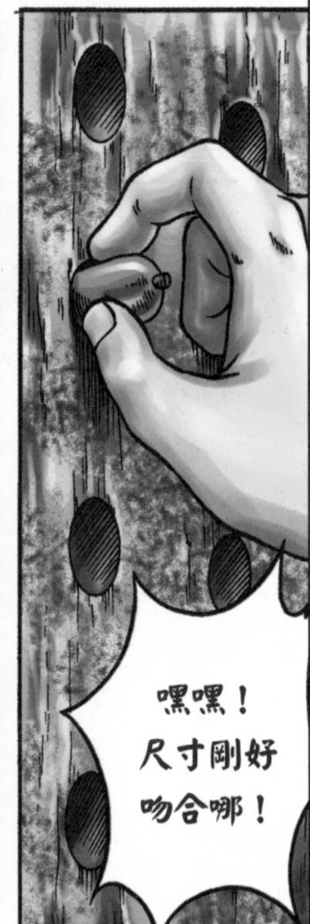
嘿嘿！尺寸剛好吻合哪！

這是頭像上面小孔的位置分配圖。

30個小石錐必須插對位置才能打開入口。

嗯！

就好像是要打開對號鎖一樣！

可是這組密碼是一句話？還是一串符號？
呵～
會是某個人的名字？
或是一個地名呢？
呼！
啊！難道是謎語嗎？
或者是在暗示玄機？
ZZZ
搞不好是某位歷史美人的胸圍尺寸……
誰？
·突然有了精神·
記得出來之前，辣婆婆有說過什麼嗎？
好像有說過兩句話……
二人合力，缺一不可。
對啦！
我知道答案了！
「二人合力」是一個「夫」字！
「缺一不可」就是「夫婦」！

我解開謎底啦！
阿亮是天才！
耶！
萬歲！
「夫婦」？

哇！為什麼留我站在這裡？

如果答案不是「夫婦」，就換你被炸！
喔！
插！

活該！
活該！
誰叫你
想要害我！

為什麼打人？

我想提醒你有難要
同當，我死了你更
解不開謎底！
把心思全力
集中在解碼
上！
好！
來吧！

「二人合力」
不是「夫」字，
還有什麼可以
選擇？
「仁」
「天」
還有
……

「天」！
「天」的連結字有
「天空」、「天氣」、
「天亮」……
「天狗」、「天窗」、
「天使」、「天燈」
……
「天下」、
「天子」……
火將軍祕藏活寶困守大漠，為的就是希望有朝一日能讓秦始皇復活，他口中吶喊的一定就是「天子」！

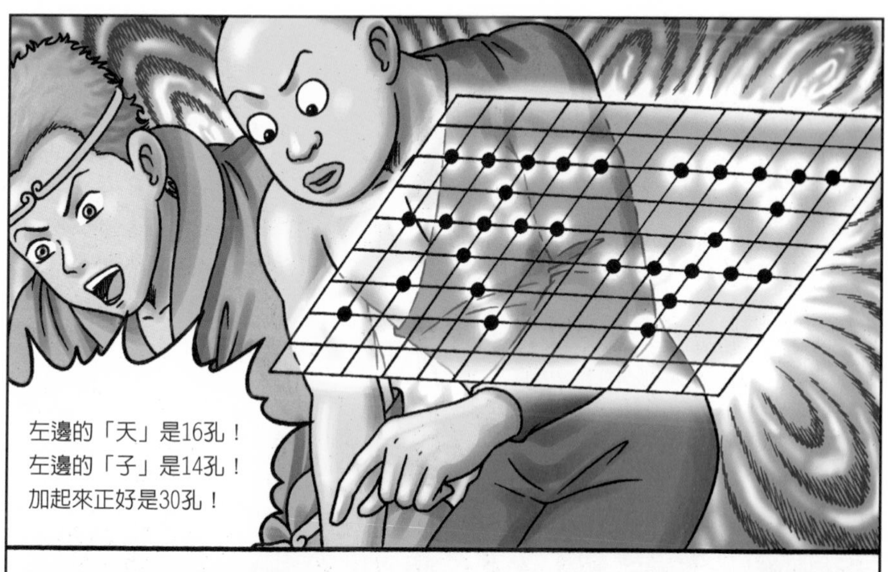

「天子」就是
開啟地獄谷的
通關密碼！

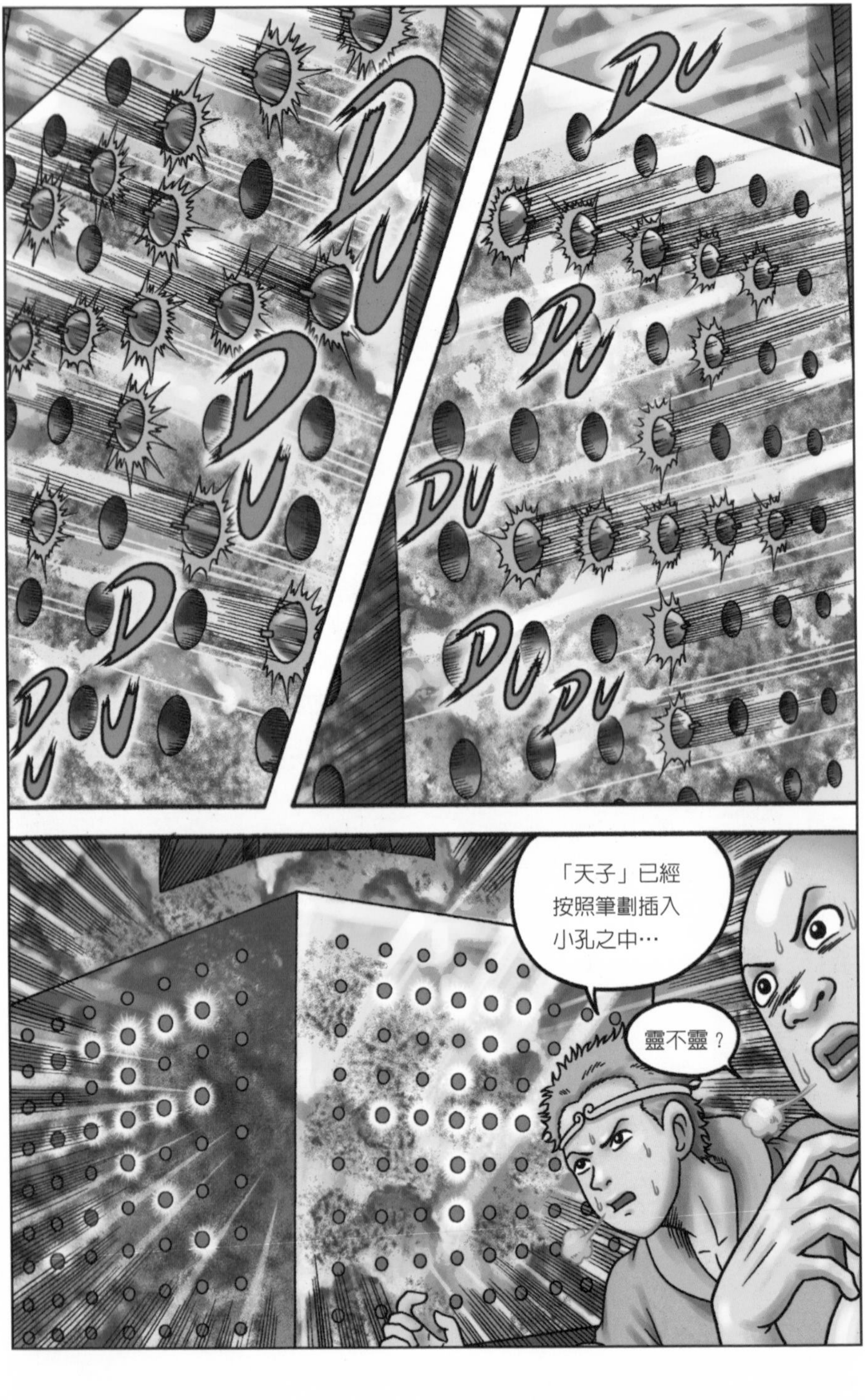

「天子」已經按照筆劃插入小孔之中…
靈不靈？

一定是
搞錯密碼啦！
雕像雙目
湧出血水，
發出了淒厲的
哀嚎聲！

GAA
啊！入口
打開啦！
流下血淚的
雕像，就是
受到詛咒！
進去會
死翹翹……
超級詭
異！
裡面什麼都
沒有，只有
一個向下的
坑道！

會不會下去之後
爬不出來呀！
斜坑是通向
哪裡呢？

激
怕死的
就別跟著！

我就是喜歡
跟著！
閃開！
閃開！

這種恐怖的汗水
味道最刺激！
愈爬愈深啦！

下面那一堆
東西
是什麼呀？

屍體！

全部都是
屍體！

肅靜！別把他們吵醒了！
喔！
天哪！
我腿軟了……

這些是秦朝的士兵，看起來都是自刎而亡，難道是集體自殺嗎？
死在乾燥沙漠裡，成了木乃伊。
我想這些應該是忠於將軍的部隊，此地就是他們選擇的最終駐地……
名符其實的「地獄谷」！

究竟發生什麼事？
令這些驍勇的秦軍
陷入了絕望？

他就是火將軍
嗎？天哪！死
得太慘啦！

在他面前的這
盤棋為何這麼
奇怪？

更奇怪的是：
紅棋的「相」，
竟然會端坐在
黑棋的王位上？
相

下集預告

「一點綠」的辣婆婆，是「火將軍」的後人，只有她才知道「地獄谷」的準確位置！同樣爲此而來的沙克．陽、左右護法以及葫蘆幫，與烏龍院師徒冤家路窄撞個正著；在高手環伺之下，雙方人馬經過一番廚藝激戰，度過了辣婆婆驚險復活的風波，最後由大師兄帶著神祕錦囊，連同沙克．陽踏上探險旅途，兩人一路鬥智拌嘴，卻又不得不繼續合作……還有多少難關，在前方等待所有人去征服和突破？敬請期待，烏龍院精彩大長篇《活寶9》！

精彩草稿

編號❶　大師兄展廚藝

在地獄谷前半段主要講述大師兄與另外五組選手比賽廚藝，第一階段他們要用樸素的菜料做出華麗美味的佳餚。這涉及到廚藝的專業知識，所以我埋頭在書籍資料堆狂翻，結果差點迷失在博大精深的美食海洋裡。大師兄手中的蛋非常普通，但另類的手法可以將普通的東西變得特色鮮明。

注意到大師兄食指與中指一直按住蛋尖這個細節嗎？這是爲了防止醬油漏出以及雞蛋變質。笨人有笨方式，他先把蛋尖開了個小孔，接著把辣椒油灌進去，最後插入熱沙裡……這既保持了漫畫的誇張，又不會脫離根據。大師兄笑著跳舞，很快樂地享受烹飪的樂趣，相信無論面對任何困難，只要採取這種積極的態度，必定就能取得成功。

▲草稿中的「大岬蟹」是簡體字用法。

編號❷　驚嘆大閘蟹

在炎熱的沙漠裡出現冰凍大閘蟹，可以營造出強烈的反差氛圍。漫畫最好玩的地方，就是可以天馬行空表現自己別具一格的思維，鏡頭可以隨意創作，外框更是可以隨意設計。所以我在中央來個特大感嘆號，讓裡面人物圍繞著四隻活潑生動的螃蟹並呈現驚訝不已的反應，讀者們能輕易找到突出焦點，達到畫龍點睛的作用。

漫畫能夠隨心所欲，但不能太亂來，試想一下：如果我整頁都塡滿密密麻麻的螃蟹，雖然同樣達到出乎意料的效果，不過那只會令人產生眼花繚亂的反感。

好康試閱1

敖幼祥 2007 爆笑新作：

酷頭&哈妹 ②

現正熱賣中

定價◎280元

敖幼祥最新校園搞笑力作，

大家人手一本，笑到噴淚超開心！

我敢發誓，
絕對好笑。

你好，你好！
丁丁是個人才！

烏龍校園新學期，轉學生丁丁報到囉！

獨家收錄敖幼祥未公開新短篇！

酷頭＆哈妹又來啦！先看先贏！

慢了～就趕不上流行！ **超好笑試閱！GO！▶**

酷頭哈妹2
001
COOL AND HOT

現在學生程度太差，只會用電腦打字。
手寫文章錯字連篇！

我要貼出公告，禁止使用電腦打字！
INK

喂，你們倆抽筋啦？
嫌我的字太醜嗎？

禁止屎用
電惱打字
INK

糟糕！趕不上這班車會遲到的！

等一下，我要上車!!
太危險了，不要上車！

我要上課啊！
遲到了你要負責嗎？

啊……！搶劫？！
都叫你別上車了……

烏

龍

校

園

我們已經反省了。
不再做綁架勒索、打劫行凶的事了。
如果再給一次機會，你們願意改過自新嗎？
我打算去攻讀建築工程系，做一番大事業！
我也想做銀行的管理人員！
太好了，有上進心!!
到時候我們裡應外合，去爆破金庫！
YES!
SLAMP

把手機全部拿出來！
千萬不能把手機交給他們！

啊！手機響了！

你的手機……
被發現了！
BOY

這麼好聽的手機鈴聲哪裡下載的？
快傳給我！
……

烏

龍

校

園

004

丁丁同學近視非常深，但成績優秀。

大家多跟他學習學習！

才能成為國家的棟樑！

丁丁同學！

說說你以後的學習計劃！

我……

我快瞎了，我想學盲人點字！

JUMP

本班同學是出了名的
運動白癡，想要好成
績除非下猛藥。

第一＝100分
得第一名的
同學，英文
加一百分！

啊！
居然沒反應？
…
…

得第三名
加六十分，
行不行？
HA
HA
HA

烏
龍
校
園
006

酷
頭
哈
妹
2

丁丁，你的眼鏡度數不夠，我幫你配了一副全新的眼鏡。
ENGLISH

哇！好清楚！
比以前那副更清晰！

謝謝哈妹，你果然像同學們形容的一樣……
是個樂於助人的可愛美眉？

是真的很像恐龍！
你去死吧！！

如何打倒大批暴徒

當你發動打擊犯罪的戰爭，對付一個以上的敵人的技能，必定會經常受到考驗。面對大批暴徒的時候，蝙蝠俠絕不怯戰畏戰。假設黑暗騎士從倉庫的天窗窺見六個歹徒，必須盡量打倒他們，同時避免被槍擊，以下提示可以幫助你扳回不利的局面。

Step 1：發動奇襲。

從倉庫天窗破窗而入是個奇襲的方法，能夠有效分散敵人。當你落地時，瞄準最接近的歹徒把他打倒，一出場就要至少削減一個敵人。

Step 2：以煙幕或瓦斯佈置掩護。

當你重重撲在歹徒頭上或擲出蝙蝠鏢，順便撒出幾顆瓦斯膠囊或煙幕彈（即使小型爆竹也可以）以製造混亂、迷惑對手，這樣你就可以分別擊倒敵人。普通瓦斯膠囊可以迅速讓室內充滿嗆人的煙霧，催淚瓦斯彈還能發出遮蔽視線的煙幕。即使擁有鐵胃的歹徒，催吐彈也可能讓他們喪失行動力。發動煙霧大戰之前別忘了啟動口鼻過濾裝置或戴上防毒面具，以免讓自己的非致命武器撂倒了。

Step 3：先除掉最大的威脅。

如果你無法在入場的同時擊倒一個歹徒，記得要先除掉最大的威脅。選定現場最高大最強悍的歹徒，使勁把他擊倒。合氣道可以利用對手的力氣與體重，讓較具威脅性的歹徒倒地。一拳擊中胸口或膝蓋頂胯下能讓最強壯的對手因為疼痛而癱瘓。如果其餘歹徒看到最強的同伴輕易被撂倒，可能有一部分人選擇明哲保身，立刻逃跑，你要對付的敵人數量就減少了。

Step 4：判斷誰是帶頭者。

所謂「擒賊先擒王」，如果帶頭的人屈服，其餘嘍囉很快也會投降。若不優先擊倒最強的打手，就要先打倒帶頭老大。出直拳打歪他的下巴或用上勾拳打掉他幾顆牙，讓他直接昏迷或暫時喪失對嘍囉發號施令的能力。首領被擊敗之後，手下會無法確定該怎麼辦。而且他們的想法很可能從「效忠頭頭」變成「保護自己」，於是拼命企圖逃離你。

Step 5：不要開口警告或威脅，直接出手。

當你從天窗飛身撲下，你的敵人不會讓你有時間警告或威脅他們。即使不是立刻開槍，也會很快開始。先下手為強，而且要狠，這樣才能發出強烈明顯的訊息：投降才能免除皮肉之苦，抵抗就會躺在擔架上被扛走。

不要先開口威脅，讓優勢從你身上轉移到對手。你永遠必須利用奇襲。如果你的警告中大聲公開說出自己的意圖，等於容許大膽的歹徒測試他是否跟你一樣凶悍。

Step 6：準備迎接來自四面八方的攻擊。

真正的打鬥可不像你在動作片裡看到的漂亮套招。歹徒並不會等你一個一個輪流對付他們。當一個敵人正面面對你，其餘敵人無疑也會從你側面或後面企圖把你蓋布袋圍毆。面面俱到非常重要：你必須出拳打碎一個歹徒的下巴，同時用迴旋踢打斷另一人的鼻樑。打鬥中也可以掏出蝙蝠鏢迅速擲出，打倒正躲在遠處用迷你手槍瞄準你的歹徒。你必須快速戰鬥，因為對手不會給你喘息的時間。當你擊倒一個又一個對手，把心思集中在擊倒剩下的歹徒。別忘了下三濫的街頭打鬥，過程通常是無法預測的。你必須能夠立刻適應每個發生的狀況、半路修正規則，以便讓自己成為最後的倖存者。

● Step 1～2 ●

敵眾我寡的蝙蝠俠發動奇襲，準確投出瓦斯膠囊，驅散並且迷惑敵人。接著蝙蝠俠跳入這座祕密倉庫，不讓咳嗽的歹徒有機會掏槍瞄準他。

● Step 3 ●

在落地之前，蝙蝠俠先攻擊最魁梧的歹徒，用鋼頭靴踢他的下顎。最強的對手倒地之後，其餘對手都不太敢攻擊蝙蝠俠。

Step 6
蝙蝠俠立刻同時對付複數歹徒，向不同攻擊者拳打腳踢外加大扔蝙蝠鏢，一路運用各種戰鬥技能。

時報漫畫叢書 FT822

活寶8

作　者—敖幼祥
主　編—林怡君
編　輯—何曼瑄、蕭名芸
美術設計—黃昶憲
執行企劃—鄭偉銘
董事長
發行人—孫思照
總經理—莫昭平
總編輯—林馨琴
出版者—時報文化出版企業股份有限公司
台北市10803和平西路三段二四〇號三F
客服專線—（〇二）二三〇四—七一〇三
（如果您對本書品質有任何不滿意的地方，請打這支電話）
郵撥—一九三四四七二四 時報文化出版公司
信箱—台北郵政七九～九九信箱
時報悅讀網—http://www.readingtimes.com.tw
電子郵件信箱—comics@readingtimes.com.tw
法律顧問—理律法律事務所 陳長文律師、李念祖律師
印　刷—華展印刷有限公司
初版一刷—二〇〇七年十二月十七日
初版四刷—二〇一一年十一月十五日
定　價—新台幣二八〇元
◎行政院新聞局局版北市業字第八〇號

ISBN 978-957-13-4770-7
Printed in Taiwan